早田貞夫
時代小説
短編集

女郎花《おみなえし》

早田貞夫
Hayata Sadao

風詠社

目次

帰り道

何かと忙しかった。師走の今日は大晦日、今年も終ったと思うと、富《とみ》もほっとした。

人形町から小伝馬町に向かう通りから入った所に一膳飯屋「京屋」が有る。五人も座ればいっぱいになる小さな店だ。富と娘のお良《よし》と二人でやっている。娘といっても六歳で、雑用をしながら飯屋を手伝っている。富が言った。

「今年も終りだねえ。後片づけはしたし、そろそろ終りにしようか。お良、提灯入れて閉めてね」

「はい」

除夜の鐘を聞きながら年越そばを食べながら、

「お良、今年の初詣はどこか行きたい所はあるかい」

「私は深川不動様に行ってみたいな」

「じゃあ、今年はお不動様に行こうかね。掃除も終ったし、家へ帰ろう」

人形町から少しはずれた所に当七長屋がある。狭い部屋だが、亭主の留吉と所帯を持った時からこの長屋に住んでいる。いつ留吉が帰って来るのかと待っているので移る事が出来ない。お良には「おとっつぁんは遠くへ働きに行っているんだよ。その内に帰って来るからね」と言って五年が過ぎた。

「起きたらお不動様へ行こうね。おやすみ」と言って、富も蒲団の中に入って想うのは、富が留吉と出会った時の事だった。

富が「伊勢屋」という小間物屋で働いていた時のことだった。春の昼下がり、蔵前の問屋に、足りないものを買いに出た帰り道で、にわか雨に降られた。通りの軒下に入ると、先に雨やどりをしていた人がいた。

「ふいに降られやしたね」

「そうですね」と富が言う。

「じきにやみやしょう。この近所ですかい」

「この先の諏訪町です」

「あっしは駒形で」

「隣町ですね」

「あっしもこのあたりはきやせんが、仕事の事でこの先まできやした」

と話しながら、何て爽やかで感じのいい人だと富は思った。

「やんできたようですね」

「それじゃ、あっしはこれで」と言って出て行った。富もまた会えないかと思いながら男の後ろ姿を見ていた。

それから半月が過ぎた時に、やはりたのまれ物で深川に行った時、千鳥橋で偶然あの男の人と会った。

「やあ、あの時の……」と言われた。

「こちらの方まで」

「はい。やはりたのまれ物で」

「そうでしたかい。あっしもこの近所の家の普請の手伝いをしていやして。大工をやっていやす留吉といいやす」

「私は富と申します」

「富さんですか。こんな事を言っては何ですが、もし良かったら花見でもいきやせんか。もしかして、ご新造《しんぞ》さんじゃねえですよね」

「私は一人者です」

「突然で悪かったでしたかね」

富も「いや。ええ、だいじょうぶです」と言った。

「お互げえ昼間とゆうわけにもいきやせんが、二日後の暮れ六つぐれいはいかがでしょうか」

富も「でしたら、はい」

「それじゃあ、この千鳥橋のたもとでという事でいかがでしょうか」

「はい、だいじょうぶです」と約束をした。

富もこの年まで男には縁がないと思っていた。近所の男にも店の取引先の男にも声をかけられたり誘われた事がないまま、二十四歳になっていた。こんな事もあるものだと、それも会える事はないと思っていた人に、何かうれしくて、落着かない気持ちで当日を待っていた。果たして来てくれるだろうか。

　当日はそわそわしながら約束の場所に行くと、留吉が待っていた。

「あっしも富さんが来てくれるかどうか心配しやしたが、何しろ突然言ったもんですから、うれしいです」と言われた。

「じゃあ、不動さんに行ってみやしょう。参道にも境内にも桜が咲いていやすよ」

　富も「はい」と言って歩きながら留吉がこう言った。

「富さん、誘って迷惑じゃあなかったですかね」

　富も笑顔で「そんな事はありません」と言うのが精一杯だった。

　参道の手前から両側にはいろいろな屋台の店が並んでいた。大勢の人達が夜桜を見に来ている。

留吉が富の事を離れないように気を遣ってくれる。二人で歩きながら、お互いの着物の袖がすり合っているのが何かうれしかった。お参りして留吉が、

「あの茶店で茶でも飲んでいきやすか」

「はい」と言うと、

「いや、富さんがもしや来てくれねえじゃねえかと。よかった、うれしいです」

「私も」と言えずに下を向いて頭を下げた。

　とりとめのない話をしながら、留吉が、

「またよかったらあっしと会ってもらいてえですが」

　富は「はい」と言って留吉と見つめあった。富もどきどきしながら、こんな気持ちになったの

は初めてだった。送ってもらいながら花も芽吹いてときめきながらの、二人の帰り道はこれが始まりだった。

それからは留吉と縁日に行ったり、花火見物にも行った。こんなに楽しい事があるものなんだと想いながら、秋の葉が色づき始めた頃、送ってもらう途中で留吉が富にこう言った。

「あっしの所に嫁さんに来てくれやせんか」と。

その翌年の三月に所帯を持った。あの頃は毎日が楽しかった。幸せだったと思い出しながら、富は溜息をついた。昨年も留吉は帰って来なかった。お良も留吉の顔は覚えていない。お良がまだ一歳の時だった。

ある日、仕事が終った後で留吉と弟弟子の与吉が飲んでいる所へ「こんな所で飲んでいやがる」と言って、したたかに酒を飲んでいた傍輩の安吉が入って来てこう言った。

「与の、おめえの、半ちくな後始末のおかげで大変だった」

与吉が「何の事だい」

「鳴海屋さんで、さんざお小言言われたのよ」

「鳴海屋さんの仕事は、あれは正吉がやっていた仕事を俺が後で行ってすけたんだ」

「うるせい。俺があやまって来たんだ。おめえ、正吉のせいにするのか、この野郎」と言って与吉の胸ぐらをつかんでなぐりかかったので、取っ組み合いの喧嘩になった。留吉が「止《や》めねえかい」と止めに入った。すると安吉が「兄貴風ふかせやがって」と留吉に体ごとなぐりかかって来たので、体をかわして安吉の体を押した。その反動で安吉は店の机の角で頭を打った。その事で安吉が死んだのだ。その事にかかわって死んだという事で島流しになった。

その後は、与吉が富とお良が食べていけるようにと、与吉が走り回って店を探し、飯屋を与吉が作ってくれたのだ。その後も与吉が何かと気遣ってくれた。そんな時にも与吉は、

「すまねえ。あ姉《ね》さんにつれえ想いをさせちまって」

「そんな事はないよ。あんたが悪いんじゃないよ」

「あっしが代わればよかった。かんにんして下せい」

などと言われ、与吉がおりにふれ、時にふれ優しくしてくれる。お良の事も自分の子供のように可愛がってくれると、富の心は揺れるのだった。あんた早く帰って来て。いつまで待たせるつもりなのさ。私を強く抱きしめておくれ。声を殺して蒲団の中で泣いた。お良も大きくなってくる。「おとっつぁんはいつ帰って来るの」と言われると、やはり本当の事を話さなくてはと思った。

年が明けて、初詣は深川不動に。思えば留吉と初めて花見に行った所だ。本堂までの両側にはいろいろな屋台が立ち並び、参拝する人であふれていた。

「おっかさん、すごい人出だね」

「お良は何をお願いするんだい」

「おとっつぁんが早く帰って来てとお祈りするよ」と言う。

富も「おっかさんも同じだよ」

参拝の後、「お良、おだんごでも食べていこうか」

「うわ、食べたい」

「このお茶屋にしよう。お姉さん、お茶とおだんご二皿お願いします」

「はい」と言ってじきに持って来た。

「うわあ、おいしそう」一口食べると「おいしいよ、おいしい」と食べていると、

「おっかさん。あそこを通る人、与吉さんじゃない」

「あら、そうだね。与吉さんもお参りに来たんだね。一人でお参りかね。あのお姉さんといっしょだ」

お良が「なあんだあ」と言った。富も内心がっかりした。与吉さんだって好いた人ぐらいいると思いながらも、淋しいような、「おっかさん、きれいな人といっしょだよ」と言われると、いたたまれないように、

「さあ、夕飯は何を食べようかね」

「そうだね」

「おせち料理は有るから、あの店で何かを買おうかね」

「おっかさん、あそこにおはぎが売っている」

「お良、そんなに食べられるかい」

「食べられるよ」と話をしながら気をまぎらわせた。

三が日も過ぎて、

「今日から仕事、仕事。お良、頑張ろうね。おとっつぁんも今年は帰って来るよ。お不動様にお

願いしたからね」

「そうだね」

店を開《あ》け何時《なんどき》かして、戸が開いて「おめでとうございます」と言って与吉が入って来た。

「あら、与吉さん。おめでとうございます」

「あ姉さん、今年もよろしくお願げえします」

「こちらこそ」

「これつまらねえものですが」と年始と、「これお良ちゃんにお年玉」

「うわ、うれしい。ありがとう」

「すまないね、与吉さん。仕事は始まったのかい」

「あっしの所は七日正月後からです」

「いい正月だったかい」

「毎年変わりはしやせん」

お良が言った。

「そう言えば与吉さん、元日の初詣にきれいな人といっしょだったでしょう」と言うと、「おっかさんと見ちゃった。その人は誰、好きな人なの」

「とんでもねえ。いやね、頭《かしら》のお嬢さんにお不動さんへ連れて行ってと言われ、頭にも連れて行ってやってくれと言われて行ったわけで」

お良が「楽しそうに話してたわよ」

「そんな事はねえですよ。そうですかい、お不動さんに行っていたんでしたかい。声をかけて下さればよかったのに」

「いやね、おじゃまかと思って」

「そんなことはねえですよ」

「あの時は二人で、おとっつぁんが早く帰って来ますようにとお願いしてきたの」

「あっしも今年こそはとお願えしてきやした」

「与吉さん、お年賀という事で一杯」と富が酒をついだ。

「すいやせん。今年もよろしくお願げえしやす。いただきやす。あ姉さん、あっしもこれから年始で何軒かあいさつ回りがありやすので、これで失礼いたしやす。又近い内に顔を出しやす。じゃあ」と言って出て行った。

「おっかさん。与吉さん、こんなにたくさんくれたよ」

「あらあ」と言えば、「何を買おうかな」とお良はうきうきしている。

「おっかさん。これで着物買えるかねえ」

「そうだね。足りなかったらおっかさんが出してあげるよ」

「本当、うれしい」お良は大喜びだった。

七日正月も過ぎて、昼の客も終って少したった時に「ごめんよ」と言って入って来た男がいた。

「変わりはねえかい」と入って来たのが、よく見れば亭主をお縄にした岡引きの茂蔵だった。

「精を出しているじゃねえか。そこまで来たので寄ってみたんだ。娘はどうしたんだい」

「何か熱があるので、家で休ませています」

「そらあ、いけねえなあ」出したお茶を飲みながら、「留吉もそろそろ御赦免だと思うが」

「はい、親子で待っています」

「そりゃそうだよな。まあ何か困った事が有ったら相談にのるぜ。じゃましたな」と言って出て行った。それから間もなくして与吉が入って来た。

「あ姉さん、今いたのは茂蔵じゃあねえですかい」と与吉が言った。

「やっぱり。あの岡引きは悪《わる》ですぜ。島帰りや寄場から帰って来て仕事につけた人の所に行って、いやがらせを言って、金をせびっているという噂ですぜ。弱味のあるやつは困っているそうです」

「なぜ今頃になって来たのかねえ」

店の様子を見ながら、

「じきに兄貴も島から帰る頃なので、何か魂胆でもなけりゃあいいが。あ姉さん、お良ちゃんは」

「何か熱ぽいので寝かせてきたんだよ。今日は早仕舞いにしようかと思っているの」

「そうでしたかい」

「お年玉、有難うね。あれで着物を買ってあげたら大喜びだった」

「それならいいが……。あんな事がなけりゃあ親子三人でいい正月が迎えられたのに、すいやせん」

「終ってしまったことだから」

「あ姉さん、お良ちゃん寝ているなら、あ姉さんが帰るまで、あっしが見に行って来やす。あっしもこの後たいした用はねえので。じゃあ行ってきやす」

「与吉さん、すまないね」と言ったものの、富は心細くなってきた。茂蔵が何しに来たのか、留吉が帰って来ても茂蔵につきまとわれるのかと思ったら、考えただけでこれからどうなっていくのか、不安になった。

お良はどうなったかと、店を早仕舞いして帰って戸を開けて「お良」と呼ぶと、

「お帰りなさい」

「どうだい」

「うん、良くなったみたい。与吉さんが来て、おっかさんが帰ったら、卵と野菜を入れたご飯を作ってもらいなって。良くなったら羊かんを食べなって置いていってくれたよ」

「お礼を言ったかい」

「うん言ったよ」

「これから作ってあげるからね」

そんな事があって十日が過ぎた頃、昼過ぎに「ごめんよ」と言ってあの茂蔵がまたやって来た。

「お良の具合はどうだい。いたいた、良くなったみてえだなあ」と言うと、お良が富の後にかくれるように前掛をつかんだ。

「子供の治りは早えや。どうだい、今度おじちゃんと飯でも食いに行くか」

富も「有難うございます。私も忙しい身、けっこうです」

茂蔵も「おめえも大変だ。もっと楽に食っていけるように、話に乗ってやってもいいぜ」

富も「何んとかやっていけますので、けっこうです」と重ねて断った。

「それじゃあなあ」と言って帰って行った。お良も怖がっている様子。うっかり話には乗れない。

その後、茂蔵もしばらくは来ないのでほっとしていた所に、茂蔵が何か険しい表情で「何か変わった事はねえか」と言って入って来た。

「別にありません」

「そうか。何か有ったら俺の所へ届けるんだ、いいな」と言って帰って行った。その日の夕方に与吉が誰もいないのを確かめて、

「あ姉さん。あっしの下引のダチから聞いた話なんですけど、兄貴が島抜けしたらしいです」与吉が緊張した顔で言った。

「えっ」と言って富は声を失った。

「与吉さん。間違いないのかい。そういえば昼に茂蔵がめずらしくやって来て、何か変わった事はないかと。何か有ったら知らせろと言ってきた」

「そうですかい。兄貴が来るとしたらここしかねえ。あ姉さん、ここは見張られていやすよ」と与吉が言った。

「ええ、どうしよう」

「兄貴も何か理由が有って帰れそうもないと思って島抜けしたんですね。あ姉さん、とりあえず小金と着物だけは、あっしが持ってきやす。あ姉さん、充分に気を付けて、普段と同じようにし

て下せい。兄貴が来てもじきにどこかへ身をかくさなくちゃあなりません。とりあえず、明日夕方、飯を食いに来やす。くれぐれもいつもと変わらねぇように」と言って帰って行った。

　留吉ももう少し我慢すればご赦免になって帰れたのにと思ったり、やはり何か有ったのだろうと思った。不安というより恐くなった。これから起こる事がどんな事になるのか、女、子供で出来る事は知れている。ただおろおろするばかりだった。お良も富の顔を見てただ事ではないと察したのか、何もしゃべらないで富から離れなかった。

　翌日、昼の客が帰って夜の仕込をしてから、二人の客が来た。与吉も道具箱をかついで何くわぬ顔をして入って来た。

「あ姉さん、飯、お願げえしやす」

　富も「はい」と言って、「お良ちゃんは」与吉が聞くと、「外で仕込んだ物を煮込んで、火加減を見てもらっているの」

「何でも出来るようになったんだね」と話をしながら、先客が「ここにおいていくよ」「はい、有難うございました」

　店を出て行ったのを確かめて、「あ姉さん」と言って道具箱から、男物の着物、襦袢と帯、そして「これ、少ししかねえですが」と巾着をおいた。着物も帯も留吉の物があるが、好意に甘えた。

「与吉さん、有難うね」

「早く、どこかわからねえ所にしまって下せい。長居はできねえので、金はここにおいていきやす」と言って外へ出て行った。「与吉さん、すまないね」涙がこぼれそうになった。やはり留吉は必ず訪ねてくる。身がひきしまった。来たらこの着物とお金を渡して逃げてもらう。それからの事は頭になかった。

外が開いて富はびっくりした。お客だった。

「とりあえず酒と何かみつくろってくれ」

「はい」と言って何か震えていた。ここで私がしっかりしなくちゃならないと、自分に言い聞かせた。

「はい。お待ちどうさま」

お良が「おっかさん、こんな煮え具合でいい」と、裏から顔を出した。「どれ」と言って味見をして「これでいいよ」。お良も何かにつけて富の顔を見ている。どうか間違いでありますようにと祈るばかりだった。「ここにおいていくよ」と言って客は出て行った。

家に帰ってからも、留吉がいつ来てもいいように準備だけはしておかなくてはと思った。今はどこにかくれているのだろうと思いながら、家を見張られているのだろうか、いつもと同じように店に入り、時間がくると店を閉める。お良もだまって富の着物を握りしめて離れない。

部屋に帰ると、すぐに夕飯のしたくをする。明日の朝の分のにぎり飯を余分に作って、お良も無言で食べている。やはりこの事はお良にも言った方がいいと、「お良、この頃何か変だと思っているよね」と言うと、コックリした。

「実は、もしかすると、いつか来た嫌いなおじさんがおとっつぁんを探しているんだよ。おとっつぁんがないしょでここに来るかもしれない。だから、お良はいつもと同じようにしているんだよ。おっかさんもよくわからない。だけどここではいっしょに住めない。新しい住む所がみつかるまで、おとっつぁんが迎えに来るまでここにいる。いいね」と言うと、お良もコックリした。お良も今は大変な時なんだと、薄々は気づいているのだろう。

「おっかさんはやる事が有るから、先に寝ていいよ」と言われて蒲団を敷いて横になった。

富は、少し貯めてあったお金を巾着に入れて、与吉にもらった着物をいつでも着られるように、ふろしきに包んで隅においた。私にはこれぐらいしか出来ない。神様無事に三人が暮らせますようにと手を合わせて祈った。

何事もなく二日が過ぎた。三日目の夜は雨なので仕事を早めに終えた。いつものように多めのご飯を炊いて、おにぎりを作って夕飯を食べた。外の雨は小雨だが降り続いている。

「お良、早めに寝ようかね」

「うん」

蒲団に入ってうとうとしながら一時《いっとき》ぐらいだったろうか、部屋の天井裏の所が何かごとごとしている。暗い中で、何だろうと富も起きて天井を見ると、板をはがしている。もしかしたら留吉かなと、小声で「誰だい」と声をかけた。

「富、俺だ」

「おまえさんかい」

「そうだ」

留吉が天井からおりて来た。顔を合わせた時に、あまりにも変わっていた姿に声を失った。手拭でほっかぶりしているが、頬はこけて、伸びたひげに眼だけがギラギラ光っている。

「富、すまねえ。一目会いたくてなあ」と言われて、富は「おまえさん」と言って抱きついた。涙があふれてきた。

「良も大きくなったみてえだなあ。起こさねえで、このままで。今は追われている。理由はいつか話す。落ち着いたら何かで便りをする、それまで待っていてくれ」

富は泣き泣き、「おまえさん、これ着物とお金。与吉さんが持って来てくれたの。おまえさんがいつ来てもいいように、まとめておいたんだよ」

「ありがてえ。与吉によろしく伝えてくれ」富を抱きしめて出て行った。

あまりにも突然で、変わりはてた亭主に気が動転してぼおっとしていた。あの人はこれからどうなるのだろうか、逃げおおせる事が出来るのか、などと考えたら寝られなかった。

お良が「おはよう。おっかさん、今朝は早起きだねえ」

「早く目が覚めたんで起きちゃったんだよ。さあご飯食べて店に行こうか」と言ったが、不安と心配で頭の中がいっぱいだった。それからと言うもの、富は自分が何かに追いかけられているみたいで、客が入って来てもどきっとして、落ち着きがなく暗い気持ちになっていた。

それから二日目の昼前に茂蔵がやって来て、

「富、まさか留吉は来てねえよな」

富もつとめて冷静に「来ていませんよ」と言うと、

「そうか。実は留吉が島抜けしたんだ。来る所はここしかねえ」

「本当ですか」

「いいか。来たら俺でも自身番に知らせるんだ、いいな」

「親分」と富がこう聞いた。「家の亭主の島流し、長くはありませんか」と聞くと、茂蔵が「うん」と言って「留吉は、おめえと所帯を持つ何年か前に酒の上のけんかで相手に傷を負わせてな、寄場送りになったんだ。お上も一度目は大目にみるが二度目となるとな、それはねえなあ」

富はびっくりした。そんな事は初めて聞いた。

「そうなんですか」

「そういうわけだ。いいな、来たら知らせるんだぞ」と言って帰って行った。

そんな事があったとは……。聞いたらよけいに気が重くなった。留吉は逃げおおせないのでは。島抜けは大罪、今度捕まったら島から帰って来れないし、もしかしたら死罪かもしれない。打ちひしがれた。お良が、「おっかさん、だいじょうぶ」と心配そうに見ている。ここまで来たら留吉は……と思ったところに、入口の戸が開いて与吉が「そこまで来たんで寄ってみやした」

与吉の顔を見るなり、お良のいるのもはばからないで、わあと泣きながら与吉に抱きくずれていった。

「あ姉さん、どうしたんです」

「ごめんなさい。今茂蔵が来て、留吉が島抜けした。ここに来てないかと言ってきたんだよ。そして島にいるのが長いと言ったら、そのわけを聞かされたんだよ」

その話を与吉にすると、

「そうだったんですかい。その事はあっしも初めて聞く話です」与吉も「うう」と唸って黙ってしまった。

「そうですね。兄貴も江戸を出て、しばらくほとぼりがさめるまで遠い所へ行くしかありやせんね」

富は涙がこぼれて来た。それから、間もなくして留吉の人相書がいたる所にはってあった。富もこれは家に来るどころではない。いたる所に役人、下引きの目が光っていた。これからどうなるかと思いながら、今はただお良と二人で商いしながらいつ戻るかわからない留吉を待つしかないと思った。

それから一ヶ月が過ぎたが、与吉は元気づけるようにと顔を出してくれる。

「どこで何をしているんでしょうかね。ここまでくると、どこか遠い所で大工仕事でもしていますかね。もう少しすれば、役人の目も変わるし、忘れた頃に会いに来るかもしれやせんね。戻ったら、身支度も何にもしねえで三人、誰も知らねえ所で暮らすことですね」

そうなればいいがと言ってはみたが、今もささいな事でもびくびくしながらの暮らしだった。

それから、さらに一ヶ月が過ぎた時、この頃あまり顔を見せなかった茂蔵が来た。

「留吉もどこにかくれようと逃げおおせるものじゃねえ」

富は下を向いたまま、お茶を出した。茂蔵が「なあ、富」と言って話をしだした。

「今度同心の岡村様に会う。その時に留吉の話を……もっともこれは留吉が自訴をしての話だが、島に戻る事になるが、何んとか帰って来れるように話をしてみようと思っているんだ。その時には、おめえも来てお願いをしてみたらどうだ」と言われて、富も留吉が自訴をすれば島から戻れるのなら、会って頼んでみようと思った。

それから一週間後に、「今夜暮れ六つに人形町の料理屋巴《ともえ》屋に来てくれ」と言われて、行ってみる事にした。

「お良、おっかさんはおとっつぁんの事で人形町の巴屋まで行ってくるから、店を閉めて帰れるね」

お良が「うん」と言う。

「じゃあ、遅くはならないと思うが、先に帰って何か食べて待っていておくれ」と言って外へ出た。

お良が帰ろうとした時に、与吉が「お良ちゃん、今日は終りかい」

「うん。おっかさんがおとっつぁんの事で、目明しの人に会うんだと行ったの。それで店を閉めるの」

「いつ行ったんだい」

「今行ったばかり」

与吉は茂蔵は良からぬ事を考えて、あ姉さんを呼びだしたにちがいないと思った。こりゃあまずいと、「お良ちゃん、先に家に帰ってな、おっかさんもじきに帰るから。それでおっかさんの行った所は」

「巴屋と言っていたよ」と聞いて走った。

一方、富が巴屋に行くと茂蔵はすでに来ていると言われて、部屋に通されると、茂蔵が一人で座っていた。

「岡村様はじきに来る。富、留吉もとんだ事をしてくれたなあ。おめえも大変だなあ」

富は下を向きながら聞いていた。

「富、留吉がこれで自訴じゃなくお縄になったら、何の申し開きもできねえ。一生シャバには戻って来られねえ。その為にも、今夜は俺もお願げえしようと思っている」

「ありがとうございます」と言う。

「岡村様もじきに来ると思う。おめえも一杯」とお銚子を出されたが、「私がおつぎします」「そうかい」と言って一口で飲むと、「留吉もおめえの家に戻ったら最後だ。見張られているから、こんりんざい留吉に会う事は出来ねえ。どうだ少しはいいだろう」

「じゃあ一口」と言って、つがれて口にする。

「遅いですねえ」

「じきに来る。なあ富、先の事を考えた事はあるのか。あの仕事も朝から晩まで大変だ、俺がめんどうみてもいいんだ」と言って富の腕をつかんで引き寄せた。

「親分、こまります。お役人様が」

「来ねえよ」

「うそだったんですか」

「そんな事、どうでもいいじゃねえか」と茂蔵が富を押し倒した。

「何をなさるんですか」

「俺がめんどうみようと言っているんだ」と、茂蔵の手が着物の裾を開き手を入れてきた。富も「助けて」と言うと、茂蔵の手が富の頬を張った。

「あっ」と言って、茂蔵が富の体の上に乗り富の股の中へ手を入れた。その時に富の手に触った物があった。留吉と所帯を持った時にもらった銀のカンザシだった。それを握りしめて、茂蔵の首筋に思いきり刺した。茂蔵は「ううん」と唸り富の上に倒れ込んできた。

その時だった。「あ姉さん」と言って部屋に与吉が入って来た。与吉もその場の醜態を見て、「あ姉さん、だいじょうぶですかい」

富もあわてて着物の乱れを直して「どうしよう」握りしめたカンザシを持って震えている。その時だった。一人の僧侶が入って来た。富も与吉もびっくりした。「富、俺だ」と言って被り物を取った。誰かと思うぐらい、人相も体つきも変わっていたが留吉だった。

「兄貴、この茂蔵はとんでもない奴だ」

「俺もこんな姿に変えて、富と良の事を見ていたんだ。与吉、おめえに、すまねえが頼みがある。ここの事は俺がこのカンザシを持って自身番に行く。どうせ俺はどうあっても逃げられねえ。だから与吉、良が嫁に行くまで俺の代わりに二人をみてやってくれねえか。つれえ話だが、これが俺の一番の心配なんだ」

「おまえさん」と富が言うと、

「何もしてやれなくてすまねえ」

「そんな事ないよ」

「与吉、このとおりだ」と言って頭を下げた。

「あっしに出来る事はさせてもらいやす」

「このまま二人で帰ってくれ。後は俺がなんとかする」

富と与吉が出て行った後、巴屋では大変な騒ぎになった。そこを留吉は自身番に行くと言って出て行った。自身番に行くとじきに同心が来て、

「そなたが茂蔵をあやめたと言うのだな」

「へい。あっしは島抜けした留吉です。こんな恰好をして女房の富と娘の良を逃げながら見ていやした。それで女房の富がやっている店に時々茂蔵親分が顔を出すようになったのはあっしのせいでしょうが、店が早仕舞いをするのを見て、富が出かけるので後をつけると、巴屋という料屋に入っていたのです。店に忍んでいやすと、助けてと富の声がしやして、部屋に入って見やすと親分に手込めにされていたので、落ちていたこのカンザシで首根こを刺したという次第です。このカンザシです」と言って渡した。

「このカンザシはあっしが富と所帯を持った時に買ってやったものです」

「あいわかった。今の事をお奉行に話す。それから沙汰を待て」と言われた。それから自身番から牢屋に移された。

留吉は、後はどうなるかはわかっている。与吉に富と良の事は頼んだし、良に会って顔を見たいと思ったが、いまさら言ってもしょうがねえ。元はといえば、俺がまいた種。俺があやめたわ

けじゃあねえが、俺の恋女房の為だ。こうなるのも俺の運命。でもまがりなりにも女房と娘を持てた俺はそれだけで幸せだ。富、良、俺の分まで幸せになってくれと思うと、何かふっきれたように気が楽になった。

その後のお裁きで留吉は死罪と決まった。

三年がたち、今日は留吉の三回忌に三人で位牌に手を合わせた。

「あ姉さん、早いもんですね」

「そうだね。与吉さんには世話になりっぱなしですまないね」

「とんでもねえ。お良ちゃんも、あれから背も高くなったね」

「与吉さん、そのお良ちゃんはやめて。良と言って」

「そうかい。でもじきに年頃だ。お嫁に行くのもじきですね」

「うんと先ね」

「そのうちに好きな人が出来るよ」

「そうかな」

「そうだ。これから三人で深川お不動さんでも行きやしょう」

「そうだね。お良はどうだい」

「私は仲良しのお弓ちゃんと会う約束があるの」

「そうかい」

「二人で行ってくれれば」

「あ姉さんはどうです」

「私はかまわないよ」

「じゃ、これから行きますかい」

富も与吉と二人で出掛けるのは初めてだった。不謹慎だが、何かうれしかった。思いもしない事で与吉といっしょにいられる事は、どこかで望んでいたのかもしれない。

お不動さんの前では「おまえさん、与吉さんと二人なんてごめんなさいよ。やっと一段落した気持ちだよ」と手を合わせた。「私とお良を見守って下さい」とお願いした。

「与吉さん。あのお茶屋でおだんごを食べていかないかい」

「いいですね」

「この店で与吉さんをお正月の時、見ていたの」

「そうでしたかい。あ姉さんも元気になって安心しました」

「与吉さんのおかげだよ。お良も口には出さないけど、与吉さんに有難うと手を合わせているよ」

「そうですかい。あ姉さん」と言って、与吉がこう言った。

「こんな所で言うのもなんですが、お良ちゃんが所帯でも持ったらあっしの家に来てくれやせんか」と言われた。富はあまりに突然に言われたので驚いた。

「私がかい」

「へい」

「私なんかでもいいのかい」

「へい。あっしもいつか言おうと思っていやした」と言った。

富も留吉とのいろいろな事が頭をよぎってきた。口には出せないが、富もいつの間にか与吉の事を好いていた。

「あ姉さん、急ぎやしやせん。考えといて下せい」

「与吉さん、ありがとう。お良でもかたづいたら、私みたいなものでよかったら行かせてもらうよ」

「あっしも待っていやす。あ姉さん、帰りにあっしの家の近くに旬の料理を食わせる店が出来やしたので、これから行きやしょう」

富は「ありがとう」と言うと、涙がこぼれてきた。うれし涙をふきながら、並んで歩く。

明日への帰り道は木立を抜ける夕日が二人にふりそそいだ。

帰り道

春は弥生の　昼下り　出先で降られた　とおり雨
あなたが先の　雨やどり　見かわし思わず　ほほえんで
話してみれば　隣町
一目で会って　ときめいた　花も芽ぶき　ぬれていた
雨上りはうれしい　帰り道

思いはとどかぬ片思い　もう一度会いたい　あの人に
あなたは覚えていますか　やらずの雨の　あの時を
忍ぶには　あわい恋だけど
想いが　届いた　再会は　花は見頃の　夜桜を
あなたと見て来た　帰り道

道行《みちゆき》

春の穏やかな日射しに誘われて、おしのは稽古から帰ると、

「おっかさん、そろそろお花見の時期になってきたね」と声を掛けた。

母親の八重《やえ》も、

「たまにはお花見もいいね。ひまを見つけて行こうかね」

「おっかさんは口だけなんだから」

「今度は本当だよ」

「はいよ」

と言ったものの、八重も忙しさにかまけてなかなか行けない。下谷黒門町にある油問屋「甲州屋」は、主人の和助と女房の八重との間に一人娘のおしのがいる。使用人も番頭を入れて五人の奉公人がいる。

おしのも年は十五になった。おしのには親同士が決めたいいなずけがいた。同業で日本橋の大店、「田島屋」は井左衛門、女房のお君の間に、公吉、政吉の二人の息子がいる。おしのの相手は長男の公吉で、おしのも子供の頃に一、二度会った事はあるが、親同士の決めた事だと、他人事のように、会うという事はなかった。

それより、おしのには想いを寄せる男がいた。お花の稽古の帰りに、須田町の通りで鼻緒が切れて転びそうになった時に、手で支えてくれて鼻緒をすげてくれている時に「私の肩につかまって」と言われ、顔を見ると、どこかで見た事があると思ったら、今人気の役者、中村香太郎に似ていると思った。そんなことが縁で佐吉《さきち》と稽古帰りに不忍池沿いにある茶店で会って話す事が楽しみだった。

佐吉は飾り職人で、谷中の甲衛長屋で一人暮らしをしている。出来上がった物を日本橋の小間物問屋に納めに行った帰りに、おしのと会っていた。おしのは会っている時間が短いのが不満で、もう少し長くいられたらいいのにと思いながら、

「佐吉さん、お花もそろそろ見頃。行ってみない」

「そうだね。四日後に出来上がる物があるので、その後の昼頃にだったら」

「私もだいじょうぶだけれど」

「じゃあ、いつもの茶店で」

「そうだね」と約束して別れた。

おしのも、今度はいつもよりは長くいられそうと、当日、家には「お稽古の幼馴染のお峰ちゃんとお花見に行く」と言って、帰りが少し遅くなると言って出た。何かそわそわ、うれしいと思いながら、待ち合せの茶店には佐吉はまだ来ていなかった。間もなく、

「おしのさん、待ったかい」

「少し前に来たの」

「今日の花見は丁度よさそうだね。上野の山へ行ってみるかい」と佐吉が言うと、

「浅草寺さんに行って、大川の川沿いの桜もきれいだって知り合いが言っていたわよ。私はそちらの方が」

「それじゃあ、帰りが遅くならないかい」

「私はだいじょうぶ。家に言ってきたから」

「そう。でも今日は上野でいいじゃない」

おしのも、期待はずれのように「じゃあ今度、日をあらためて行きましょう」

お山に近づくにつれて、

「すごい人だねえ。私は花見はほとんど行ったことがないな。おしのさんは」

「私は前に親に連れて行ってもらった事はあるけど、家の仕事が忙しいから、数えるほど」などと話しながら、

「こうやって、あらためてお花見もいいもんだね。それにおしのさんといっしょだし」

「私も今日は楽しみだった」

「あの茶店でお茶でも飲んでいく」

頼んだお茶が届けられ、二人でお茶を飲みながら、

「あっ、おしのさん、髪に花弁が」

佐吉が「ちょっと待っててね」と取ろうとした時に、佐吉はこんなにもビン付油の匂いがいい香りだと思ったのは初めてだった。佐吉の子供の頃、母親は病で寝ていたし、後に知り合いの家

に奉公に行ったので、女の人には縁がなかったし、ましてや髪の匂いなんかには関心もなかった。

「佐吉さん、どうしたの」

「いや、おしのさんのビン付の香りがいいので思わず……。花びらが二枚付いてたよ」

「ほんと」

「はい」と言って、おしのの手に花弁を乗せた時に、おしのの手を無意識に握ってしまった。そしておしのの顔を見つめると、おしのも手を握り返した。佐吉もはっと気がついて、「ごめんね」。おしのも「ううん」と言って、「もう少しお花見して行こう」と佐吉が言うと、おしのも佐吉の顔を見てほほえんだ。

歩きながら二人で寄り添うように山を下りて、広小路あたりまで来たので、

「おしのさん、遅くなったけど、この辺でだいじょうぶ」と言われて、

「ありがとう」と言ったものの、おしのはもう少しいっしょにいたかった。

家に帰ると母親の八重に、

「おしの、遅かったね」

「上野の山までお花見をしてきたの。すごい人だった」

「遅いからどうしたかと思ったよ」

「おっかさん、お腹すいちゃった」

「お京に言って、何か作ってもらいな」

「はい」と言って台所へ行ったが、佐吉は今頃は仕事でも始めたのか、次の稽古日に会えるだろ

うかと、お京の出してくれたおにぎりを食べながら思った。

そんなある日、田島屋の井左衛門と公吉が家に訪ねて来た。和助と八重も出迎えて、

「わざわざおいで下さいまして。どうぞ奥の方へ」

「ごぶさたしております」

「こちらこそ」

「商売の方は」と井左衛門が聞くと、「ぼつぼつというところですか」と和助が言う。

田島屋は日本橋に店を構え、和助の店より大店なのだ。井左衛門が、

「今日はお得意様の所へ行ったついでに、公吉を紹介かたがた、それで甲州屋さんに立ち寄ったという次第です」

「さようでしたか」

「ところで甲州屋さん。公吉の事ですが」と言って、井左衛門がこう言った。

「そろそろ身をかためさせようと思いまして。そして店の方も少しずつ公吉に任せようかと思っています」

「そうでしたか」

「そんな事もありまして伺った次第です」

「そういえば、家のおしのも十五になりましたが、まだまだ子供でして。習い事するのもお嫁に行く時の準備なんだからねと言ってはいますが。おしのにも公吉さんとの婚礼の準備をしている事を話しましょう」

「そうですか。それではまた日をあらためて、当人同士もいっしょにお食事でもしながらという事で、よろしいでしょうか」

「はい。私共も準備しますので、よろしくお願いします」

「それでは後日、ご連絡するという事で」と言って帰って行った。

「八重、これから忙しくなるよ」

「そうですね」

「おしのを呼んでおくれ」

「おっかさん、何か」

「今、田島屋さんが来て、いよいよおしのとの婚礼の話を進めることになったよ」と言われた。

おしのも思いもしない事を言われて驚いた、私がお嫁にと思ったら、自然と佐吉の顔が浮んだ。

「おしの、いいお話だからね。これから何かと忙しくなるよ」と言われたが、何も言えなかった。

そう言えば、以前そんな話を聞いた事がある。何かの用で顔を合わせた事もあった。しかし、今、お嫁に行くことなど考えた事もない。親は望んでいるみたいだけど、このままだと話が進み、決まりそうだと思った。いつ婚礼になるかわからない、どうしようと、今は佐吉への想いの中で、佐吉と別れて親の勧める人と婚礼なんかと考えたら、おしのはその晩は眠れなかった。

それより稽古の後の佐吉との約束を想い、早く会いたくなった。

お嫁に行けば、何不自由なく暮らせるだろうし、親も喜ぶだろうが、今素直に言う事を聞けない。私には佐吉がいるからなのかと思った。出会ってまだそれほどたっていない。佐吉さんは私の事をどう想っているのだろうか。私は佐吉さんの事を想っていると言っても、どうなるものでもない。それにまだ婚礼なんて考えた事もなかったのに。どうしたらいいのか頭が混乱していた。

翌日は、神田岩木町にある小唄の稽古に行ってはみたが、稽古どころではない。歌にならない。師匠の小浪に、

「おしのちゃん、どうしたの。まるで歌になってないよ。何かあったの」と言われ我に返った。

「実は困った事になって。それで、どうしていいかずうっと考えていたんです」

「おしのちゃんも年頃だし、そろそろ恋の悩みかな」

「えっ」と言って黙っていたが、しばらくして口を開いた。

「実は、親が勧める婚礼の話が進んで、どうしようかと思っているのです」

「そうだったの。そんなに気の進まない人なの」

「そういう事より、親同士が決めた人なので、ほとんど会った事がないんです」

「でも親御さんも知っているのなら、会ってみてもいいんじゃない」と言われて黙っていると、

「おしのちゃん、誰か好きな人でもいるんじゃないの」

「それが、まだ出会ってそれほどたっていないですけど、時々お稽古の帰りに会っているていどの人なんです」

「そうだったの。その人は何をやっている人なの」

「飾り職人です」

「そのいいなずけの人はどんな人なの」

「それが、子供の頃会ったきりで、顔ははっきり覚えていないんです。でも私の店より大店で跡取りなんです」

「なるほどね。難しいところだね。私もその昔、好きな人がいていっしょに暮らしたの。結局、男がたいした仕事している人じゃなかったので、暮らしがなりたたなくて別れてしまったけれど、他にもいい話もあったんだけど、その時はその人しか頭になかった。他の男なんかといっしょになるなんて考えもしなかった。おしのちゃんは」

「どうするかは、まだ決めていないんです」

「どっちかに決めなくちゃならないね。それで自分の生き方とか人生も変わるね。まあ先の事なんか誰にもわかりゃしないけど。その佐吉さんとも先はどうなるかわからないし、もう少し様子見てからというのも変だけど、でも又別の男が現れるという事もあるからね。重なる時はそんなものよ」

「そうなんですか」と力無く溜息をついた。

「田島屋さんの方で何か言ってきたら、何かいいわけ付けて延ばしてみては。まだ自分の気持ちもはっきりしないのなら」と小浪に言われた。

「佐吉さんの方もわからないし、そのうちに答えは出るんじゃない」

「はい、わかりました。お師匠さん有難うございました。また相談に乗って下さい」と言って家に帰ってみたが、どうする事も出来ないで思い悩んでいた。

それから何日かして、八重が、

「おしの。田島屋からお花見かたがた食事をしようと言ってきたよ。私の家は私とおしの、先方はご主人と公吉さんとで行くと言ってきたよ。おしの、何着て行こうかね。私もだけど、初めてだし」

「お花見だからそんなにかしこまらなくても」と言いながら、親はうれしそうだが、おしのはそんな気にはなれなかった。行くしかないのか。親の顔を立てなくてはならないし、気が重かった。

当日は、不忍池の料亭成田屋に行くと、部屋にはすでに田島屋の井左衛門と公吉、母親のお君も来ていた。八重が、

「お待たせしました」

「いえいえ、私共も途中の花を見ながらと、少し早めに出て来ましたので」井左衛門が、

「それでは、あらためて紹介させていただきます。家内の君《きみ》に息子の公吉です。よろしくお願いします」とおじぎをした後、

「私は八重と申します。そして娘のおしのです。よろしくお願いします」

「今日はよくおいで下さいました」

「こちらこそ、有難うございます」

「ここの料亭が丁度お花見も出来ると思いまして。それにしても」とお君がこう言った。

「おしのさんも随分と背も高く、おきれいになりましたね。私が知っているのはまだ子供さんの頃でした。今日お会いしましてびっくりしました」

八重が、「まだ子供でして」と、おしのの顔を見た。

「先日、田島屋さんがお見えになった時のお話で、うちの娘もそう言えば年頃になっていたんだと主人と話をしました」

公吉もその間、下を見ていた。おしのも下を向いたまま顔を上げなかった。早く終ればいいなと思っていると、食事が運ばれて、世間話をしながら食事が終るとお君が、

「ねえ、お八重さん。公吉とおしのさんでこの近辺にお花でも見てきたらどうでしょうか」と言うと、八重も、「そうですね。おしの、公吉さんと行ってきたら」と言い、おしのが黙っていると井左衛門が、「それはいい。公吉、おしのさんと行ってきなさい」

公吉が「はい」と言って、初めておしのも公吉の顔を見た。

「じゃ、おしのさん、行きましょうか」と言われて、八重にせかされるように「公吉さん、お願いします」。おしのも下を向いたまま、公吉の後について行った。

少し歩いた所で公吉がこう聞いた。

「おしのさんは、不忍近辺は来るんですか」

「あまり来た事はありません」

「そうですか」

「私も、このところ仕事が忙しいものですから、機会をのがしています」

おしのも公吉を見た感じは、商人の愛想がいいというより、あまり顔に表情を出さない人だと思った。すると公吉が、

「おしのさんは、何か習い事をなすっているのですか」

「はい。お花とお茶、小唄を少々」

「そうですか。今度小唄を聞いてみたいですね」

「いえ、そんな聞いていただけるものではなくて、お師匠さんにお家で練習しなさいと言われています」

「ご謙遜でしょうけど」

「いいえ」

「おしのさん、今度お芝居とか好きな物でも食べに行きましょう」と言われたが、うつむいて頭を下げた。たわいもない話をしながら、不忍池近辺を歩いた後で、「家まで送りましょう」と言われて、「すみません」と言って後について、家につくと手代、丁稚達が「お嬢さん、お帰りなさいませ」と言う。

八重が出て来て、

「公吉さんにはごちそうになった上に送ってまでいただきまして、有難うございました」

「では失礼します」と言って公吉は帰って行った。

八重がおしのを奥に連れて行くと、和助もいて、

「おしの、どうだったんだい」と和助に聞かれた。

「公吉さんもいい人だろう。親が跡継ぎをさせようと言っているくらいだから」

八重も「いい息子さんだと思うよ。おしのはどう思ったんだい」

「あまり話はしなかったので、何とも」と言うと、

「そうかい。初対面みたいなものだからね。そんなものかもしれないね」

おしのが「部屋に行ってもいい」と聞くと、

「少し疲れたかい」

「緊張したんだろう」

部屋に戻ると、おしのは何かほっとした。私が男の人を意識して会ったのは、佐吉と今日の公吉と二人で、これで話が進んで婚礼という事になったら、私は何も知らないでどうなるのだろうと思ったら、佐吉に急に会いたくなった。

約束の当日、おしのも待ちに待った稽古後の約束の場所に行くと、佐吉が来ていた。おしのは佐吉を見るなり泣きそうになった。佐吉に「おしのちゃん、どうしたの」と言われたが、下を向いてただ黙っていた。「何かあったのかい」と言われても、ただ首を振るしかなかった。

しばらく黙って、おしのがこう聞いた。

「佐吉さん、私の事好き」

思いもしない事を言われて、佐吉も「急にどうしたのさ。私もおしのちゃんに会いたいから来ているんだよ」と言われて、

「実は私をお嫁にという話があるの。それで、どうしたらいいのか困っているの」

「そうだったの。それでおしのちゃんの親御さんはどうなの」

「親はいい話だと言っているの」

「そうなの。それじゃ、私と会うのもまずいんじゃないの」

「だから私の事を好きなのか聞いているの」

「おしのちゃん。私は好きだけど、所帯となると又別だよ。私もいいかげんな気持ちでおしのちゃんと会っているわけではないけれど、親御さんが勧めるのなら、そこそこの家柄の人でしょう。私なんかはしがない職人だし、婚礼だ、所帯だというと私にはどうする事も出来ない。おしのちゃんのために引き下がるしかない。あまりにも身分や生きる世界が違い過ぎる」と言われた。

おしのは涙ぐんで目頭を押さえ、「おしのちゃん。これからは会わない方がいいかもしれないね」と思いもしない事を言われた。

おしのが、「佐吉さん、なぜいじわるのような事を言うの」と言って泣きだした。

「ごめんね。私も幸せにするという自信がない。ただ好きだけじゃ。おしのちゃん、このまま別れるということじゃなくて、じゃあ少しだけ間を開けて、おしのちゃんも親御さんの勧める相手の男の人の事を考えてみては。それで、もし相手の人を選ぶなら、ここに来なくてもいいよ。二ヶ月ぐらい考えてみては」と言われた。おしのも何も言わずに帰った。

佐吉も長屋に戻って、おしのちゃんも年頃で、親の決めたいいなずけがいても不思議はないと思った。会う時の身支度にしても、そこそこの商家のお嬢さんという感じで、私の仕事着で会うのすら気が引けた時もあった。どう考えても不釣合い。明るくて純真無垢で大事に育てられたのだろう。私といえば、親父が病がちで早死で、五、六歳の時に知り合いの飾り職人の親方に預けられた。親方には銭の取れる職人になれと、技を磨いて三年前よりここに移り注文がもらえるようになった。母親は、その後は何の音沙汰もなく、どうしているのか。なんでも料理屋の下働きしている所で知り合った人と所帯を持ったとは聞いた。今はどうしているのかわからずじまい。とにかく腹いっぱいのご飯を食べたかった。そこから抜け出すには技を身に付けて、いっぱしの職人になることだと精進してきた。そして、親方に認められて今になった。そんな時におしのと出会えた事は、心の中に明かりがついたように、会うのが楽しみだった。でもあまりにも違い過ぎる。生まれた時も育てられた事も、そんな自分をひがんでもしようがないが、これ以上続けば互いにもっとつらくなる。おしのとのことは想い出にしようと思った。

一方、おしのも家に帰ってからも、私がお嫁に行くなんてまだ早い。どうして急にこんな話になったのかと思いながら、明日、小唄のお師匠さんに聞いてもらう事にした。

当日、おしのの落ち着きがない顔を見て、師匠の小浪が、

「おしのちゃん、浮かない顔して。どうなったの」

「それが、先方の親御さんと私とおっかさんで会ったんです。お花見しながら散歩でもと言われて、その時にまた会ってもらいたいと言われたんです。返事に困って、あいまいに頭を下げたんです。その後で佐吉さんに会って、親の知り合いの息子さんにお嫁にほしいと言われたことを話したら、私とあまりにも生きる世界も身分も違い過ぎる。自分もいいかげんな気持ちで会っているのではないけれど、しばらく先方の事を考えて、二ヶ月ほど会わないことにしよう。それで、会いたくないなら終りにしようと言われたんです」

小浪も「佐吉さんも苦労した人なんだね。あまりにも将来の生活が違い過ぎるという事をわかっているんだね。それで、その相手の人とはどうなの」

「ただ早く帰りたいと、その事ばかり考えていたんです」

「おしのちゃんの気持ちもわかるよ。二ヶ月待ってどうか。その間に先方の人、公吉さんからお誘いがあると思うけど、その人だって金持ちの道楽息子じゃないんでしょう」

「はい」

「それならもう一度会ってみて、じっくり話してみるのもいいんじゃない。それで、公吉さんの良い面や良くない面が見えてくると思うの。急いじゃだめよ。話さなくてはわからない事もあると思うよ」

と言われたものの、おしのは、これから私はどうやって二ヶ月過ごせばいいのと思ったら、気が重かった。

それから一週間後に公吉より、今人気のお芝居に行きましょうとの誘いがあった。両親も喜んで、「おしの、行って来な。いいお席を取っておくと言ってきたよ。公吉さんも、本気になってきたみたいだね」と、両親の話を聞いて、おしのも病気だと言って断ろうかと思ったり、佐吉に会いたくなった。八重が、

「おしの、うかぬ顔で元気がないようだけど、どこか悪いのかい」

「このところ、体がだるいの」

「明日だからね」

「そうだね」

「お芝居見物は、やや派手にしてもいいね」などと言いながら、親の方が楽しみにしている。

そんな事を思いながら、翌朝、本当に起きるのも大儀になって、物も食べられなくなっていた。八重が、

「お前さん。おしのが体の具合が大分悪そうで、起き上がれないようだよ」

「それはまずいね。田島屋さんに私が事情を話しに行ってくるよ。席まで取ってくれたということで、私がおわびに行った方がいい」と言って田島屋へ行った。

その後もおしのは、公吉、佐吉の事を思うとどうしたらいいのか、夜も寝られないようになり、親も心配で、医者に診てもらったが、「特に悪いところも見受けられません。お疲れのようなので、ゆっくりお休みになって下さい」と言うだけだった。

その後も田島屋の公吉から「元気になったら、おいしい物でも食べに行きましょう」と文をもらったり、一度は見舞いにも来てくれた。

そうこうするうちに二ヶ月間近になり、おしのも佐吉との待ち合せ場所に行かなくてはならないと思いながら、今は佐吉の事しか頭になかった。

当日は何としても不忍池の茶店に行かなくてはと仕度をすると、八重に「おまえは何を考えているの、体の具合が悪いのに。そんなに大切な事ではないでしょう」と無理やり止められて、行けなかった。佐吉は私の事をあきらめたと思っているに違いない。私と公吉が所帯を持つと思っている。どうしよう。

そんな時に「小唄のお師匠さんがお見舞いに来てくれたよ」と言われ、

「ごめんください。寝ているの、おしのちゃん。具合はどう。どうしているかと。お稽古にも来

ないし」

「すみません」

親がいないのを見計らって、「お師匠さん、私、本当の病気になっちゃいました。どこって、特別悪いところはないんですけど、体がだるくて起き上がれないんです」

「食事は」

「あまり食欲がないんです」

「佐吉さんの方はどうなったの」

「それが、昨日いつもの場所に行く日だったんですけど、出かけると言ったら止められて行けなかったんです。お師匠さん、どうしたらいいでしょう」

「公吉さんの方は」

「お芝居に行く前日から、急に体の具合が悪くなったんです。その後、お見舞いに来てくれたんですけど」

「おしのちゃん、優しい人じゃない」

「そうですか」

「それで、佐吉さんはどうするの」

「どうしたらいいのか。でも会いたいんです。佐吉さんは、私が公吉さんと婚礼をすると思っています」

「それでいいわけ」

「お師匠さん、お願いがあるんですけど。佐吉さんの所へ行って、元気になったらまた会いたいと言ってもらえませんか」

「それはかまわないけど。次に佐吉さんと会ったら、もしかしたらとりかえしがつかない事になるかもしれないわよ。これは親同士の決めた事。相手の親の面子もあるし」と小浪に言われた。それに、おしのも佐吉に会ったら離れなくなるのではと小浪は思った。

「それで、佐吉さんといっしょになりたいと思ったの」と言われて、おしのも何も言えなかった。

「これでおしのちゃんに兄弟でもいればいいけど、一人娘だからねえ。おしのちゃんもつらいところだけど。それでもおしのちゃんが佐吉さんに伝えたいと言うなら、次のお稽古日に来た時、私に言ってちょうだい」

「すみません」

小浪も、おしのちゃんも年は十五、丁度初めての色恋でその気になって、一筋になって目の前の事しか見えていない。どっちが幸せとも言えない。公吉の所に嫁に行っても、心残りの中で佐吉を思いながら、気持ち以外の事は何の不自由もないだろうが、子供でも出来れば気持ちも想いも薄れるのかと思いながら、佐吉とは考えた事のない苦労が待っている。好きだけじゃいっしょにいられない。どっちを選ぶのか、これから人生の分かれ道だと思った。

一方、公吉も両親の前でこう言った。

「おしのさんは、体が弱そうだし、いっしょにいても、おとなしいというか、はっきりしない、わからない娘《こ》だね。そんな娘でも所帯でも持てばしっかりするのかとも思えないし、あれじゃ子供も作れない。もう少し様子を見て考えた方がいいのかと思う」

その後も、何とも言ってこないし、おしのの気持ちを計りかねていた。

それから一週間後、八重が、

「おしの、お師匠さんが来てくれたよ」

「いかがですか」

「それがまだはっきりしないんですよ。早くお稽古に行けるようになるといいのですが。部屋にいます」

「おしのちゃん、どう」

「お師匠さん、すみません。まだ寝たり起きたりなんです」

「すみません。お茶ここにおいておきます」

「それが、このまま何も言わないでいるのはつらいんです」

「じゃあ言って、次の約束をするの」

おしのは黙っていたが、「やはり会いたいんです」

「でも会ったら、とりかえしのつかない事になるかもしれないけれど、いいのよね」小浪が念を押した。

おしのもふっきれたように「はい」と言った。

「それじゃあ、谷中の甲衛長屋と言ったね」

「はい」

「近いうち行くからね」

「すみません」

「女将さん、おじゃましました」と小浪は帰って行った。

それから二日後に、小浪は佐吉を訪ねて谷中まで行った。

「ごめんくださ い。佐吉さんのお宅は」

「はい」と声がして、「どちら様でしょうか」

「小浪といいます。おしのさん、ごぞんじですよね」

「はい」

「おしのさんに小唄を教えている小浪と申します。今日伺ったというのは、実はおしのさんが体の具合が悪くて約束の日に行けなかったので、それで元気になったら佐吉さんとまた会いたいそうなんです。それをお伝えに来たんです」

「それは、わざわざすみませんでした。そんなに悪かったのですか」

「今も寝たり起きたりの状態なんです」

「そうなんですか。私はおしのさんが来なかったのは、やはりいいなずけの方の所へお嫁に行くので来れなくなったと思っていました」

「ところで、佐吉さんはおしのさんの事はどう想っているのですか」

「はい。私もおしのさんの事が好きになっていましたが、婚礼のお話を聞いて、私はとても異を唱えられる立場ではないと思いました。見てのとおりの仕事をしています。おしのさんの親御さんの家柄とはとても不相応です。所帯を持ちたいなどと、言える身分ではありません。私もいい思い出として別れるつもりでいました。おしのさんの幸せを考えるのなら、このままお別れした方がいいと思ったんです」

「そうでしたか。おしのさんは世間をまるで知らないお嬢さん。いっときの誰でもある恋心を抱いていています。私も佐吉さんがどんな方か一度お会いしたかったんです。私はお二人が幸せになってもらいたいと思いますが、世の中はままならないですね。では、おしのさんには先方の方と婚礼をして下さいと佐吉さんが言っていたと伝えてよろしいですか」

「はい。その方がおしのさんが幸せになれると思います」

「わかりました。そう伝えます。おじゃましました」

小浪は、佐吉が言った事を伝えたら、おしのはどんな想いで聞くのだろうか。おしのが思っている事とは違った返事になったと思った。

次の稽古日におしのを訪ねた。

「おしのちゃん、佐吉さんと会って、おしのちゃんの気持ちを伝えて来たわよ」

「佐吉さんは何て言っていましたか」

「おしのちゃんが幸せになるには、公吉さんといっしょになった方がいいと。おしのちゃんとの事はいい思い出にすると言っていた」とおしのに言うと、泣きだした。

「あまりにも不釣合いとも言っていた。後はおしのちゃんが決める事。公吉さんにも、そろそろ気持ちを伝えないと……まだはっきりとお返事をしていないんでしょう」

おしのは何も言えなかった。

「それより、おしのちゃんは元気になることだよ。皆心配しているんだから。元気になれば、気持ちも考えもはっきりすると思うよ」

「はい。お師匠さん、有難うございました」

小浪は帰って行った。一人になるとおしのは、佐吉に言われた事を思うとよけいに会いたくなった。早く元気になって、私が佐吉さんに直接会って聞いてみようと思った。

それからおしのは日に日に体の具合も良くなって、お稽古も始めようと思うようになった。それから何日もしないで、おしのは小唄の稽古に行った。

「お師匠さん、その節はいろいろ有難うございました」

「元気になったみたいだね。顔色もいいし声にも張りがあるよ」

「はい」

「少しは落ち着いたみたいだね。その後、公吉さんからは何も言ってこないの」

「はい。言ってきません」

「迷いが有るにしろ、文でもいいから、元気になったことくらいは伝えておいた方がいいんじゃない」

「はい」とは言ったが、出来ればこのまま終りにというか忘れてほしいと思った。

「佐吉さんの事はあきらめがついた」と聞かれ、「ええ」と言葉をにごした。おしのの気持ちとしては、もう少ししたら佐吉を訪ねてみようと、その事ばかりが頭にあった。

それから四、五日して、「おっかさん、今日お花のお稽古に行って来ます」

「そうかい。よかった。もう大丈夫だね」

「はい。行って来ます」と言って、谷中へ向かった。佐吉さんに会ったら何て言うかしら。喜んでくれるか、などと思いながら、佐吉の家に行くのも初めて、どんな所なのかと聞きながら行くと、四軒長屋の奥から二番目だった。「ごめんください」と声をかけると、戸が開いて佐吉と顔を合わせると、佐吉も驚いて「おしのちゃん」と言って見つめ合うと、おしのは今までたまっていた想いが一気に出て、何も言えないで涙がこぼれて、「佐吉さん」と言ってしがみついていた。

「おしのちゃん、私の所に来て大丈夫だったのかい」

おしのはそんな事はどうでもよかった。

「佐吉さん、もう私に会いたくなくなったの」

「そんな事はないけれど、おしのちゃんは今は大事な時なんだよ。私の事より、公吉さんの方も今どうなっているかわからないから心配しているんじゃないかい」

「私はただ佐吉さんに会いたかったの」

「でも、婚礼の話もはっきりしてないんでしょう。それがはっきりしないうちは、私と会ってはまずいよ」

「佐吉さんは、どうして私を避けるような事を言うの」又泣きだした。

「おしのちゃんも見ればわかるとおり、私はこんな所で仕事をしているんだよ。公吉さんやご両親の家とではあまりに違い過ぎるんだよ。おしのちゃんは仕事という事を言ってもわからないと思うけど、私もこうやってやっと今は生活が出来るようになった」

「じゃあ、佐吉さんは私ともう会ってくれないの」

「それは、公吉さんとの話が、もし公吉さんの方で断って来たなら別だけど。でもすぐに言ってこないと思うよ。親御さん同士の仕事の上の付き合いもありそうだから」

「じゃあ、はっきりするまで待っているって事」

「私はその方がいいと思うけど」

「そうなんだ。じゃあ帰る」

「おしのちゃん、怒っているのかい。そこまで送るよ」

おしのは、会いに来てくれたことを喜んでくれ、抱きしめてくれるかと思っていたのにとがっかりしながら、広小路近くまで来て「佐吉さん、ここで大丈夫。有難う」と言って別れた。その時におしのは、誰かとすれちがったと思ったが、公吉が丁稚といっしょだとはその時は気が付かなかった。

公吉は、「あれ、もしやおしのじゃないか。まちがいない。男といっしょとは」と思いながら、店に帰ってからも、食事以来誘っても煮え切らないし、病気とは言っていたが、本当にそうだったのか。それからも何も言ってこないと思ったら、だんだん腹立たしくなり怒りがこみ上げてきた。人をこけにして、ましてや、両親の面子までつぶして、とんでもない娘だ。生娘だと思ったら……。腹わたが煮えくりかえってきた。これはどうにかしなくては気持ちがおさまらない。その内また会うのだろう。誰かに頼んで男の居場所をつきとめさせて、どうしようかと考え、幼馴染で今も遊んでいる吉松、音吉に頼んでおしのを見張らせた。

おしのも、佐吉に諭されるように言われたものの、私の事は嫌じゃない。公吉の方さえ破談になればまた会える。このところ公吉は何も言ってこない。もしかするとあきらめたか。もう一度日をあらためて佐吉に会いに行こうと思った。

それから次の稽古も休んで佐吉の所へと行った。長屋の前で「佐吉さん」と言って戸を開けると、佐吉も驚いて「おしのちゃん」と言って、何を言ってもしょうがないと思いながら、「家の方は外へ出て大丈夫だったの」

「お稽古と言って出て来たから」

「でも、やっぱりまずいよ」

「じゃあ、私が親に言って、公吉さんの事を破談にするように話してみる。そうすればいいんでしょう」

「公吉さんとの事は、昨日今日の話じゃないから、簡単に話がつくというもんじゃないよ。ましてや公吉さんの店から、そんな話ならなぜもっと早く言ってくれなかったと言われるよ。人とのかかわり合いは複雑で難しいんだよ」

「じゃあ、私が親に破談の話をして、その間ずっと待っていろというの」

「それは公吉さんもおしのさんからの連絡を待っているかもしれないよ」

「佐吉さんは、よく平気で他人事のように言えるわね。私の事はそれほど好きではないんじゃない。私、帰る」と言って出て行った。

おしのも腹立たしくなった。本当は私に飽きたのか、きらいになったのかと思って、家へ帰ってもいらいらしていた。

一方、公吉は、その日の夕方に吉松と音吉に飲み屋で会った。

「公吉、あの娘が男の家へ行ったよ。谷中で飾り職人をしている奴だ。女から訪ねて行くんだから、そこそこの仲じゃねえのか」

「そうか。俺もまさかと思ったよ。ガキだと思ったら二股かよ」

吉松が「どうする」

「何かしなけりゃしょうがねえ、おさまりがつかねえ。親の顔までつぶしやがって」

「そうだな。娘の方を引っ張り出し、可愛がってやろうじゃねえか」

「そうだな。どこかの店にでも呼び出して、男の方も後で呼び出して、それで後で」

「そうよ」三人で笑った。

おしのが小唄の稽古前日に外へ出た所で、「おしのさん」と言われて、文が手渡された。それには「おしのさん、明日お話したい事が有ります。不忍池近くのお茶屋の水野まで、いつもの時間に来て下さい。佐吉より」おしのもそれを読んでびっくりした。こんな事初めてだが、何かあったのだろうか。疑いもしないで翌日、そのお茶屋に行く。

「こちらへ」と通された。こんな所になぜと思った。部屋に入ると、そこには公吉が座っていた。

おしのはびっくりした。公吉が、

「おしのさん、どうぞここにお座りになって下さい。しかし、おしのさんには驚きました。まさかと思うような事をするんですね」

おしのは何も言えない。

「子供じゃないんだから、男がいるならいると言って下さればいいのに。私も親も顔はまるつぶれですよ。どうしてくれるんですか。お嬢さんだと思えば、手順をふんで親といっしょにごあいさつにまで行ったのに、こちらは何も知らないでいたら、その時には男とよろしくやっていたとは、とんだ人ですね、あんたも」

と言われて、おしのは恐くなった。

「この事が親に知れたら、甲州屋さんの商いなんてどうなるかわかりませんよ、いいですか」と言われて口もきけなかった。

「それで、おわびとして、おしのさんが男としている事を私もしたく、呼んだというしだいです」と言うと、おしのの腕を引き寄せて、力づくで押し倒して着物の前を開き、無理矢理上に乗って、おしのの中に公吉が入ってきた。おしのは、驚きと恐さで声も出なかった。されるがままになると、公吉がおしのから離れると入れ替わりに吉松がニヤニヤしながらおしのの上に乗ってきた。終るのを待っていたかのように、音吉もおしのの上に乗ってきた。おしのもされるがままになって涙が止まらなかった。

佐吉の所にも文が届いた。「佐吉さん、どうしても話がしたい事がありますので、不忍池近くの『水野』というお茶屋まで来てくださいｏおしの」とあった。どうしたのかと「水野」まで行くと、こちらですと通された所に男が一人座っていた。

「佐吉さんですか」

「そうです」

「どうぞお座りになって下さい」と言われて、「私は公吉と申します」

佐吉もびっくりした。

「佐吉さんは、私の事は聞いていますか」と訊ねられて、

「はい。おしのさんと会った時に、実はいいなずけがいるのですと。その方が公吉さんと聞きました。それで、お付き合いは止めましょうと。知らなかったとはいえ、それはまずいと言いました」

「そうですか」

「それで、おしのさんは」

「隣の部屋に来ています」と言われた。部屋を開けて、驚いて声も出なかった。髪は乱れ、着物の前ははだけてまくれあがり、あられもない恰好で横になっていた。すると、後ろから首のところを鈍器のような物で打たれて倒れた。公吉が懐から合口《あいくち》を出して佐吉を刺した。おしのは恐怖におののき、意識が朦朧として気を失った。公吉は合口を佐吉から抜き、佐吉に握らせて覆い被さるようにおしのを刺した。公吉は「ざまあみろ」と言って出て行った。

その後で女中が来て、びっくりして大騒ぎになった。役人が来て、二人を戸板に乗せて自身番

に連れて行った。おしのは急所がはずれていた。

「女の方はどうにか助かりそうだ」医者が手当てをしていた。しばらくして和助が入って来た。あまりにも変わり果てた娘の姿に、「おしの」と言って茫然と立ちすくんだ。

「どうして、こんな事に」

岡っ引きに「あんたの娘かい」

「はい。和助と申します。黒門町で油屋をやっております」と言うと、岡っ引きが、

「娘の方はどうにか助かるそうだ。傷口が落ち着いたら引き取りに来てくれ」

「はい」と言って「一度家に帰ってから、又まいります」

「ところで、この男の方は知っている人かい」と岡っ引きに聞かれた。

「いいえ。会った事もないし、どこの人かも知りません」

「そうか。男は番屋あずかりになる。身寄りがない時には、こちらで処分だな」と言った。

和助は家に帰って、事の次第を八重に話すと、あまりの事に気を失いかけた。和助は「とにかく内密に、いいね」と言った。

「後は傷の様子をみて引き取りに行く」

「ところで、その男の人は知った人なの」と八重が聞くと、

「私も初めて見る人だね。どこでおしのは知り合ったのかね」

「さあ、さっぱりわからない」

「そういえば、おしのもこのところ、いろいろあったね。田島屋さんの食事会の事から始まって、

なぜだか急に体の具合が悪くなり。しかし、おしのもあの男とはどうして知り合ったのかね。何をしている人なのかね」

「さあ、思いもつかないねえ」

一ヶ月近く経って、おしのは家に戻る事が出来た。帰って来たが、寝ているだけで何を聞いてもただ黙っているだけで、何も言ってくれない。顔は青白く、痩せて、立つ事も起きる事も人の手をかりないと出来ない。

そんなある日、小唄の師匠の小浪が訪ねて来た。

「ごぶさたしております。おしのさんがこのところみえないから、どうしたかと」

「はい」

「それが話がしにくい事でして。とりあえず、おしのに会ってやって下さい」

「そうなんですか」

「どうぞ。横になっています」

「おしのちゃん」と言って部屋に入ると、目が合ったとたんにおしのは涙が出てきて、泣きだした。うちひしがれた病人になっていた。小さなかすれた声で「お師匠さん」と言って、その後は言葉にならなかった。

「無理して話さなくてもいいからね。もう少し元気になったら、また来るからね」と言って部屋を出ると、八重が「人に言ってほしくないですが……」と言ってこう言った。

「実は、おしのと男の人と相対死で、おしのは助かって男の人は死んだという事なんです」

小浪も聞いてびっくりした。「おしのちゃんがですか」どうしてそんな事になったのか。八重が、

「男の人に無理矢理刺されたのか、その人のことはおしのからも聞いた事もないし、知らない人なんです」

「そうなんですか」

小浪も、男の名前は知っていますとも言えなかった。何でそんな事になったのか、そんなにせっぱつまったとも思えなかったがと思った。

「そういえば、いいなずけの人がいるとおしのちゃんが言ってましたが」

「実は、ある時からそれきりになって、何も言ってこなくなりました。近いうちにお断りに行くと主人も言っています。あんな体では婚礼どころではありませんからね」

「そうだったんですか」

「内緒にして下さい」

「はい、それはもう。もう少し元気になった頃またまいります。お大事に」と言って帰って行った。

帰り道で、なぜ死ななくてはならない事情になったのか。その気になれば駆け落ちだって。しかしあの佐吉さんと相対死だとは。事の道理をわきまえている人が……。小浪はどうにも納得がいかなかった。

それからしばらくして、「ごめんよ。小浪さんいるかい」と言って、岡っ引きの時蔵だと言っ

て入ってきた。

「はい。小浪ですが」

「今日来たのは、甲州屋の娘の事で聞きてえ事があってな」

「はい。どんな事でしょうか」

「話は聞いたかい」

「はい。先日おじゃましました。このところお稽古を休んでいましたので、どうしたかとうかがいましたところ、あまりにも変わりはてた姿で寝ていました」

「そうかい。それで二人はどんな知り合いだったかとかは」

「それは聞いていませんが、好きな人はいるような事は言っていました。そのくらいです」

「ふうん。あの娘にはいいなずけがいたらしいじゃねえか」

「おしのちゃんが小さい時に、親同士が決めた人がいるとかは言っていましたね」

「そうかい。それでその男の事は何か聞いちゃいねえかい」

「何も聞いてませんね」

「その相対の男の方は」

「その人の事も何も。何かお調べする事でもあるんですか」

「いや、たいした事じゃねえ。じゃましたな」

小浪はよけいな事は言わなかったが、何か調べなくちゃならない事があったのか。それにしても相対死する事自体ただ事じゃない、他に理由があるのかと思ってもみた。

それから久し振りにおしのを訪ねてみると、店が何か変なので、

「おかみさんは」

「少々お待ち下さい」と言って呼びに行くと、八重が出てきて、

「あ、お師匠さん。色々ありまして。ここではなんですから、こちらに」と別の部屋に通されて、

「おしのちゃんは」

「それが、あの時とあまり変わりないですよ。今も横になっています」

「そうですか。少しは元気になったかと思いましたが」

「困りました。そして、店の方も主人が田島屋さんへ公吉さんとの話をお断りに行きましたところ、田島屋さんでは大変なお怒りで、そんな事ではおたくとは今後取引はしない。うちの面子をつぶし、ないがしろにされたと言われて困っています」

「そうだったんですか」

「お師匠さん、おしのに会っていってやって下さい」

「おしのちゃん、おじゃましますよ」

元気のない声で「はい」。見ると、まだ精も根も抜けたような顔で横になっていた。

「今日は少しは元気になったかと来てみたんだけど、まあ、あんな事になった事自体大変な事だったけど。でも、こんな事言ってはなんだけど、よくあんなお茶屋へ行ったねえ」と言うと、
おしのは首を横に振った。

「佐吉さんと約束したんじゃなかったの」

小さい声で「ちがいます」と言った。

「私も、あんな所で、佐吉さんとおしのちゃんが会うわけないと思った。何かあったんだね。佐吉さんもあんな事になって……」と言うと、おしのは涙を流した。

「ごめんね。いやね、話をしてもだいじょうぶ」と言うと、こっくりした。

「この間、岡っ引きが来て佐吉さん、公吉さんの事を聞いていたから、おしのちゃんに好きな人はいるらしい、公吉さんは子供の時に親同士の決めたいいなずけくらいしか聞いていない。佐吉さんとおしのちゃんの話はいっさい言わなかったけど、何かあったと思った。そんな事より、おしのちゃん、早く元気になってね」

首をこっくりした。帰りながら何かあったのだと思った。

小浪が帰った後で、おしのも少しずつ当時の事を思い出しながら、公吉のあまりにもひどい仕打ちに、佐吉まで死んだ事に、私も元気を出してなんとしても相対死ではない、本当の事を知ってもらわないと、殺された佐吉さんも浮かばれないと思うようになり、食事も食べて元気にならなくてはと思った。

それから何日かして、甲州屋に「お上の者だが」と言って時蔵が訪ねて来た。

「時蔵という者だが、娘さんは元気になったかい」

和助が「少し元気になりました。まだはっきりしませんが」

「少し聞きてえ事があるんだが、だいじょうぶかい」

「聞いてまいります」

とする。

「はい、少しならと言っています。どうぞこちらに」と時蔵が部屋に入ると、おしのが起きようとする。

「横になっていいよ」と言われ、「すみません」

「それにしても大変な事になったな、なにかおぼえているかい」と言われて黙っていると、「ところで、あの死んだ男は何ていう名だい」と聞かれて、

「佐吉さんです」

「それで、どれくれえのつきあいなんだ」

「あの時から、五ヶ月ぐらい前からです」

「そうかい。それでいつもああいう茶屋で会っていたのかい」

「とんでもありません。不忍池の近辺の茶店でお茶を飲んで帰るぐらいです」

「どうしてあんな所に行ったんだい」

「それが、文で佐吉さんが会いたいからあの店で待っていると書いてありましたので行ったんです。すると公吉さんが待っていたんです」

「その公吉というのは」

「子供の頃に親同士が決めたいいなずけなんです」

「それでその公吉という男とも会っていたのかい」

「いいえ。四月の初めに親同士同伴でお花見に行った一度きりです」

「ふうん。その茶屋には佐吉はいたのかい」

「いませんでした。公吉さんが、いいなずけがいる娘がほかの男と会っているなんて、とんでもないと言って……」

おしのは黙ってしまった。時蔵が、

「それで、何かあったのかい」

「はい。三人の人にはずかしめを受けました」

「三人にか」

「はい。公吉さんの知り合いみたいな人でした。そこに佐吉さんが来て、それで佐吉さんが後ろから棒のような物で打たれて倒れてから、それからあまり覚えていないです」

「そうだったのかい。大変な思いをしたんだな。つれえ時に聞いて悪かったな。おおよその事はわかった。それで佐吉の事だが、身寄りがいねえんで無縁仏として葬られた」と言って、帰って行った。

おしのは涙がこぼれてきた。おしのは元気になってお参りに行かなくてはと思った。一方、時蔵はその足で田島屋の店に行った。

「公吉さんはいるかい。ご用の者だが、ちょっと聞きてえ事がある」

「じゃあ、こちらにどうぞ」と案内された部屋にいると、公吉が、

「私に何かご用とか」

「ところで、おまえさんはいいなずけがいるそうだな」

「はい。親同士の決めた相手でおしのといいます。一度花見に行きました。それが何か」

「その後はどうなんだい」

「はい。あのおしのという娘も、婚礼の話をしてもはっきりしないというか煮え切らないので、それっきりにしました」

「その後どうなんだい。会ったのかい」

「ありません」

「おまえさんのダチで音吉、吉松って知っているな」

「はい。幼馴染みです」

「そうかい。三人で不忍池近くの水野という茶屋に行った事は」

「とんでもありません」

「いやなあ。おめえ達を見た者がいるんでな、聞いたのよ」

「行った事はありません」

「そうかい。また何か聞きに来る事があるかもしれねえ。じゃましたな」と言って帰って行った。

公吉は、今頃何を調べているのか。音吉、吉松に水野の茶屋の事は行った事がない、知らないと言えと口止めしなくてはと思った。

それから何日もしない日、吉松が酒の上のけんかで番屋に連れて行かれた。

「ところで」と時蔵が、

「吉松と言ったな」

「へい」

「おめえ、二ヶ月少しめえに不忍池近くの水野という茶屋に行った事はねえか」

「水野ですか。行った事はありませんね」

「そうか。その店の者が、おめえと公吉、音吉と女が一人で店に来たと言っている」

と言われて、吉松はびっくりして言葉もなく黙っていると、

「吉松、何もかもお調べずみだ。それにな、あの娘は助かって、何もかもしゃべった」と言われて、吉松は力を落としてうなだれた。

「これ以上手をわずらわすと、おめえも一味だ。獄門、張り付けだぞ」と言われて、うなだれて、

「すいやせん。あっしは公吉に頼まれて、娘の男の住まいを調べて娘に文を出して、水野に連れて来るように言われたんです」

「そして相対死に見せかけようとしたんだな」

「へい」と言った。

翌日、田島屋へは捕り方が行って公吉はお縄になり、音吉も長屋にいるところを捕まった。それ以前に、甲州屋では田島屋との取引を打ち切られた。田島屋をないがしろにしたとの影響で店はなりたたない事態になっていた。

おしのは自分のした事の大きさに、悔いても悔やんでも自分の我儘、世間知らずのせいで佐吉さんまで死なせてしまった。親にまで迷惑をかけてしまった事に、わびてすむことではないと思った。

その何日か後に、時蔵がやって来た。

「娘さんはいるかい」

「はい。こちらへ」と通されて、おしのを見ると、

「起きられるようになったのかい、よかったな。それで、この間の水野のお茶屋の事で、公吉と吉松、音吉はお縄にした。公吉は獄門で二人は島流しだ。これは親には言ってねえが、おまえさんしだいだ。その事を知らせに来たんだ」と言って帰って行った。

おしのは聞かされても気持ちがおさまるものではなかった。佐吉さんももういない。心も体もボロボロになった。私はこれからどうやって生きていけばいいのかと思っていた時に和助に呼ばれた。八重もいた。和助が、

「おしの。今さら終った事を言ってもしょうがないが、おまえも大変な思いをしたとお役人から聞いた」

それを言われて、

「おとっつぁん、おっかさん。私の事で大変な事になり、お店にまで迷惑をかけてごめんなさい」と泣きくずれた。

「おしの。私達の店も立ち行かなくなり閉める事になった。せめておまえが無事だったのでよかった。田島屋でも公吉がお縄になって、今は大変な事になっていると聞いた。幸い私も八重もまだ元気だし、一から出直そうと思っている。おまえも元気を出しておくれ」

おしのもただ「ごめんなさい」と泣くだけだった。

おしのは部屋に戻ると、自分の事でこんな事になったんだと思うと、私には生きる希望も未来

もないと思った。今でも佐吉さんと上野の山に行った時の事が甦ってくる。桜の咲く道を寄り添いながら歩いた時に、髪についていた花びらを取ってくれて、手を握り合い見つめ合った佐吉さんはいない。私はひとりなんだと思った。

その晩、親も寝たのを確かめて、体はまだおぼつかないが、火種に油の入った瓶を持って田島屋へ向かった。裏木戸の所に来て、油の入った瓶を思いっきり田島屋の敷地の中へ投げ込んだ。体はよろけながら、火種を投げ入れるとすぐに燃え上がり、火が回りだし赤く立ち上った。瓶が割れる音がした。みるみる火は広がり、赤い炎が夜の闇を焦がす。おしのはただ憑かれたように見ていると、燃え上がる紅蓮の炎の中に佐吉の姿が浮かんだ。おしのは、思わず「佐吉さん」と叫んで、燃え盛る火の中へと走って行った。田島屋は全焼した。その焼け跡に男とも女ともわからない焼死体が一体あった。

その翌日に和助と八重は、田島屋の火事を知った。おしのがいない事にも気付いた。そして油の瓶が一つない事にも気が付いた。和助と八重は顔を見合わせて、涙がこぼれてきた。

「おしの」と泣きくずれている時に小浪が訪ねて来た。

「田島屋さんが火事だったとか。おしのちゃんは……」

「それが」と言って八重は泣いて言葉にならなかった。

「そうなんですか。おしのちゃんも元気になったかと伺いました。おしのちゃんも佐吉さんと公吉さんの事で悩んでいたみたいでした」

八重が「どうして、おしのは何も言ってくれなかったの」と、泣いている。

小浪は、「おしのちゃんも佐吉さんが好きだったんですね」と涙を拭いながら、「またあらためてご供養にまいります」と帰りながら、おしのが佐吉と歩いたと言っていた不忍池から上野の山に来てみると、桜はすでに散って葉桜になっていた。

小浪は、今頃はおしのちゃんと佐吉さんの二人の恋の道行は花吹雪の中を歩いているのだろうと思った。

道行

花も咲いて　心も踊る
今日はうれしい　あなたに会える　あの場所で
通りの先の茶店の前で　切れた鼻緒が縁になり
恋風そよぐ　花の下　肩寄せ合って　あなたと歩いた上野の山

散りゆく花は　はかなくて
恋いこがれても　ままにならない　人の世は
恋しい人を遠ざける　辛くて淋しい　一人の時は
あの日の桜の下で　ほほえみ合った　おしの佐吉の恋の道行

流《しゃ》し目

芝、神明町にある呉服屋「大黒屋」は十五年前に火事で店を焼失したが、その後店を建て直し、五年前から大名の出入りが出来るようになってから大きくなり、今では使用人が十五人の大世帯にまで伸びて、今に至っている。

大黒屋与平は女房のおとせと、年頃になった一人娘のお雪の三人家族。おとせも内向と忙しい店の手伝いもあり、十五歳になるお雪の事は生まれた時から乳母のやえにまかせっきりだった。お雪にも物心付くようになってからは習い事を一通りさせていた。やえに付き添わせて、今日はお花、明日はお茶、踊りと習わせていた。

年頃になったお雪も、時にはいろいろな事に興味をもつようになっていた。お花の稽古帰りに幼馴染みのお恵が、神明町の先に中村座という芝居小屋があって、その中に中村市之丞という役者がいてとても素敵で、踊りとお芝居の時にする流し目が色っぽいともっぱらの評判だと言った。

それならばお雪も見に行きたいと、帰るとすぐに、

「おとっつぁん、話があるの」

「この忙しいのに何だい」

「あのね、神明町に芝居小屋が出来て大変な人気らしいの。行ってもいいでしょう。お恵ちゃん

もいっしょなの」

「この忙しいのに何の事かと思ったら、そんな事かい。そんな事よりやる事があるでしょう」

「お恵ちゃんと約束したの」

「駄目ですよ、まだ早い。子供がそんな所に行ってはいけません」

「だって、おとっつぁんもおっかさんもどこへも連れて行ってくれないじゃない」

「今忙しいんだから。やえ、やえ」

「はい」

「お雪が芝居に行きたいと言っているけど」

「はい。私もまだ早いと思います。お嬢様は、まだお芝居見物は早過ぎますよ。もう少ししたらばあやが連れて行ってあげます」

「おとっつぁん、今度のお花のお稽古の後で行くと決めたの」

「おまえはまだ早い。勝手にそんな事を決めてゆるしませんよ」

「お稽古仲間は皆んな行っているのよ。私もどうしても行きたいの」

「しょうがない子だね。言ったらきかないんだから。行く時にはやえもいっしょですよ」

お雪も我儘を言ったのは初めてだった。今までは、あのカンザシが欲しい、踊りの時に使う新しい扇子が欲しいといった、そんな事ぐらいだった。今度はやえが付き添いで見に行くが、芝居は初めてなので楽しみだった。お雪も新しい事やめずらしい物には関心を持つようになっていた。

当日はお花の稽古が終り、やえとお恵と三人で芝居小屋へ向かった。小屋の前には大勢の人だかりで、入り口の台の上には中村市之丞の名が一番大きな看板で、その横の下に共演者の看板が並んでいた。お雪も気持ちが高ぶり、小屋の中でも人気なのか、人のざわめきで、お恵も興奮しているようで目をキョロキョロしている。

拍子木が鳴って幕が開き、観客がいっせいに拍手、「待ってました」と声がかかった。芝居は、幼い時に理由があって別れた親子が再会をする筋立てで、芝居が進むにつれて、市之丞が出てくると大変な歓声と拍手がおこり、「市之丞」と大向うから声がかかる。

お雪は初めて市之丞を見て、くぎ付けになった。何という美しさ、艶やかさなんだろう。その踊りも立ち居振る舞いの中で何げにする薄笑いしながらの流し目が何とも言えない色気で、見ている観衆からも溜息がもれている。お恵も目が点になり見惚れていた。そして芝居が終るまぎわに、市之丞が流し目をした時にお雪はどきっとした。自分と市之丞の目が合ったような気がした。いや、あれは私を見たのだとお雪はしばらくぼぉーとしていた。

やえが、「お嬢様、帰りましょう」

お恵と外へ出てからも「よかったね、又来ようね」と話しながら、歩きながらもまだ興奮さめやらないまま、家へ帰っても気が抜けたような状態だった。

それからというもの、何をやっても、稽古に行っても上の空で、いつも市之丞の目で見つめられているように思うのだった。与平もお雪が何か変だと気付いて、

「やえ。お雪はこのごろどうなんだい」と聞けば、

「私もお嬢様がいつも考え事をしているようで、気にはなっていました」

「どこか悪いわけではないと思うが」

「そういえば、お芝居を見に行ってからだと思います」

「何かあったわけではないよね」

「はい。お芝居を見て帰って来ただけです」

「もうすこし様子を見て考えるとしよう。やえもよく見ておいておくれ」

「はい。かしこまりました」

お雪は、あれから何日か過ぎても、どうしても市之丞に会いたいと思うと、いてもたってもいられなかった。「やえ」を呼んだ。

「何かご用ですか」

「もう一度、お芝居を見に行きたいの。連れて行ってくれない」

「旦那様には言ったのですか」

「頼んだら駄目と言われたので、二人で行きたいの」

「それは私は何とも言えません」

「やえ、お願い。もう一度だけ見に行きたいの」

やえは困った様子だったが、

「お嬢様、一回だけですよ。何か用事を見つけて行きます」

「それで明日はどう」

「そうですね。踊りのお稽古という事で、私とお嬢様がお店から旦那様に言葉をかけて行くとい風詠社の本をお買い求めいただき誠にありがとうございます。
この愛読者カードは小社出版の企画等に役立たせていただきます。

本書についてのご意見、ご感想をお聞かせください。

①内容について

②カバー、タイトル、帯について

弊社、及び弊社刊行物に対するご意見、ご感想をお聞かせください。

最近読んでおもしろかった本やこれから読んでみたい本をお教えください。

ご購読雑誌（複数可）	ご購読新聞
	新聞

ご協力ありがとうございました。

※お客様の個人情報は、小社からの連絡のみに使用します。社外に提供することは一切ありません。

郵便はがき

料金受取人払郵便

大阪北局
承認

2424

差出有効期間
2021年12月
1日まで
（切手不要）

553-8790

018

大阪市福島区海老江5-2-2-710
㈱風詠社
愛読者カード係 行

ふりがな お名前			明治 大正 昭和 平成 年生 歳
ふりがな ご住所	□□□-□□□□		性別 男・女
お電話 番号		ご職業	
E-mail			
書名			
お買上 書店	都道府県 市区郡	書店名	書店
		ご購入日	年 月 日

本書をお買い求めになった動機は？
1. 書店店頭で見て　2. インターネット書店で見て
3. 知人にすすめられて　4. ホームページを見て
5. 広告、記事（新聞、雑誌、ポスター等）を見て（新聞、雑誌名　）

う事でいきましょう」

「やえ、有難う」

「一回だけですよ」

お雪も市之丞に会えると思ったら急に元気が出て、何かわくわくしてきた。

芝居小屋の前はやはりたくさんの人で賑わっていた。中に入る時に、

「やえ、席はこのあいだ座った所にね」

「はい。あそこですね」

もう大勢の人が席に着いていた。間もなく幕が開き、拍手と掛け声で芝居が始まった。水を打ったような静けさの中、芝居は進んでいく。やはり市之丞が舞台に出ると大変な拍手で、芝居が終りにさしかかった時に、市之丞の踊りの最中に流し目を送った。やはりお雪と市之丞の目が合った。お雪は市之丞が私を見たのだと思ったら胸がしめつけられる想いで、芝居が終ってもその場に座りこんでいた。

「お嬢様、帰りましょう」と言われて我に返った。外へ出てからも頭の中は市之丞の流し目がとりついて離れなかった。

「お嬢様、旦那様に帰ったらご報告するのですよ」と言われても上の空で、奉公人達が「お帰りなさいませ」と迎えても陶然とした様子で、

「おとっつぁんはどこ」

「奥にいらっしゃいます」と言われて、

「おとっつぁん、ただいま」

与平もお雪の顔を見て、「おかえり。お稽古の方はどうなんだい。少しおそかったね」

「今やっている物が、じきに上るから大変なの」

「まあ、頑張りなさい」

「はい」と言って自分の部屋に入り、座るとまたあの時の流し目が頭をよぎった。今度はいつ行こう。やえも次は行ってくれないだろうがと思いながらも、一時だけでも市之丞と二人で会いたい、話もしたいとおしのは思った。そんな事を思いながら、芝居小屋に行けば市之丞に会えるのではと思った。誰にもないしょで芝居小屋に行く事に決めた。

木戸口にいるお兄さんに、「市之丞さんに会いたいのですけど」と言うと、いきなり言われたのでお雪の顔をしげしげ見て、めずらしい事を言う娘もいるものだと、

「会う事は出来ねえが、芝居を見ればいいじゃあないですかい」

「どうしても二人きりで会いたいの」

お兄さんがじっと見て、

「娘さん。役者は木戸銭をもらっての仕事、それはできやせん。どうしてもと言うなら座長に、そこそこの人を通してでないと会う事は出来やせんよ」と言われて、お雪もどうしていいのか、黙ってしまった。

「娘さん。役者と会うのはそこそこの金もかかるという事です」と言われて、小さな声で「はい」と言って家へ帰って行った。

お雪が家に帰ってみると、大変な騒ぎになっていた。家に入るなり、手代や丁稚が大きな声で
「旦那さん、女将さん。お嬢さんがお帰りになりました」

おとっつぁんとおっかさんが、

「お雪、どうしたんだい。心配していたんだよ」

やえも泣きながら、「お嬢様、お嬢様」と。

お雪も「ごめんなさい」と言うと、母親が肩を抱きながら、おとせの部屋へ連れて行った。与平が、

「皆、心配かけてすまなかったね。仕事に戻っておくれ」

お雪が部屋に入ると、

「お雪、何かあったのかい。このところ元気がないから皆で心配していたんだよ。私も忙しさにまぎれて、お前と話す事も出来なかったけど、これからは私に何でも相談しておくれ。今夜はお前も疲れているだろう。話したい事があれば明日、私にいつでも言っておくれ」

「ごめんなさい」と言って自分の部屋に戻ると、お雪も私の事で大変な事になっていたんだと。

それにしても市之丞に会うという事は、大変な事なんだと思った。

それでも会いたい気持ちは募るばかりだった。誰に頼めばいいのか。お金はいくらかかるのか。親に相談したら怒られるのが関の山。でも、あのお兄さんにお金はいくらかかるのか、座長さんに会わせてもらいたいと聞きに行こう。今度はいつ家を抜け出そうか……と。

翌日、お茶のお稽古の時に、頭が痛いから休むとやえに言うと、蒲団を敷いて「横になってお

休み下さい」と言って出て行ったので、裏木戸から抜け出し、芝居小屋に行った。

　木戸口のお兄さんが、

「娘さん、どうしたんだい。まだ何かあるのかい」

「あの、どうしても座長さんに会いたいのですが」

「座長だって忙しいんだ」

「じゃあ、いつ会えますか」

「前にも言ったが、木戸銭もらって見せるのが商売だ。会ってくれやせんよ。それには金もいるってことよ」

「だから、いくらお金がかかるのですか」

「しょうがねえ娘さんだなあ。ちょっと待ってな」と言って奥へ行って、じきに戻って来た。

「娘さん。ちょっとなら座長が会ってくれる。この突き当たりの部屋に行きな」

　言われるままに行ってみると、座長という人がゆかた姿で化粧をしていた。座長の京太郎がお雪の顔をまじまじと見て、

「娘さん、名前は何というんだい」と聞くと、

「雪です」

「親御さんはなんてぇ名だい」

「与平です」

「そうですかい。娘さんじゃあわかるめえが、役者は舞台で芸を演じておあしを貰うのがなりわ

い。特別なひいき客に頼まれて、屋敷に上って一舞いして、それが十両だったり二十両だったりだ。でも見ず知らずの人に頼まれても行かねえようになっている。どなたかの紹介とか、特別な人でない限り会えねえということだ、お嬢さん」

と言われて、お雪はしばらく黙ってから、

「私が会いたいと言ったら、いくらお金がかかりますか」と聞いた。座長はお雪の顔を見て、

「お嬢さんが金を持っているとも思えねえが、親御さんが出すとも思えねえし」

「でもいくらかかるんですか」と言えば、

「一席二十両というところだ。よした方がいい。親御さんも心配している。帰りな」と言われた。

その時だった。舞台に立つそのままの格好で市之丞が入って来た。

「座長、こちらの方は」

「市之丞にどうしても会いてえと言っているので、俺が言って聞かせたところだ」

「そうでしたかい。中村市之丞です。よろしくお見知りおき下さいませ」とあいさつをされた。

お雪は近くで見る市之丞はさらに艶やかで美しく、言葉にならなかった。

「いつもご来場はいつもの席にいらっしゃる事、存じ上げています」

「有難うございます」

「お名前は」

「雪と申します」

「今日はお話しする事が出来て、うれしゅうございました。またおめもじ出来る事を楽しみにし

ております。では出口まで」と、市之丞がこちらですと案内してくれた。

お雪は夢ごこちでついて行くと、何かにつまずいてころびそうになった時に、市之丞が「だいじょうぶですか」と手をとってささえてくれた。その時に市之丞の手とお雪の手が握り合ったようになった。お雪もこの手で握りしめた。思いもしないうれしさだった。

市之丞もお雪の手を握った時の、真白な白魚のような指に、間近で見たお雪を見てこんなにも可愛さを感じた女も初めてだった。お雪の可憐さが胸に焼きついていた。

お雪も楽屋の外へ出て、どうやって家へ帰ったのかわからなかった。裏木戸から部屋に戻ると、やえが座っていた。

「お嬢様、どこへ行ってらしたのですか」

「おとよの所へ行って話し込んじゃった」

「やえには何でも話して下さいませ」

お雪も素直に「ごめんなさい」とあやまると、やえは部屋から出て行った。お雪も一人になって、二十両もかかるんだと思ったらがっかりした。

その後もお雪は稽古を休んでは、市之丞が出るその場面だけを見に行った。市之丞と顔を合わせ、流し目を見るだけでもと、家にもやえにも内緒でわからないように、市之丞を見に行った。家にはいつも稽古の時間には帰るように心がけた。

一方、市之丞もお雪が来ているのは気付いていた。いつの間にか、お雪の見つめる目に市之丞も応えるように、一瞬だけでも見つめ合いたいと思うようになっていた。お雪の一筋な眼差しがわかるだけで、それを思うと、市之丞も恋しくさえ想うのだった。

何日かして座長が、

「市、あの娘は金になりそうだ。そろそろ仕事という事にしようじゃねえか」と言った。

「実はとめ吉にあの娘の居場所を確かめさせておいたんだ。市、それがだが、おもしれえ事になって来たんだ」

「どこの娘なんです」

「白金の呉服屋で大黒屋と言っていた」

市之丞はびっくりした。

「店主の名は何んと」

「与平といっていた」

「そうですかい。座長、そういえば、あっしの親父の名も与平と言っていやしたね。あっしも、ガキの時だったが忘れもしやせん。おっかさんが呉服屋をやっていたと」

「そうだったなあ。患っているおっかさんが死に際に、おめえを頼むと言ってた事を今でも覚えている」

「座長、あっしも忘れようと思っても忘れられねえ。するてえと、あの娘が与平の後添えの子だとすると腹違えの妹という事になりやすねえ。因果はめぐるというが、座長、あっしはあの娘には恨みはねえが、憎くてしょうがねえ。苦しみながら死んだおっかさんなのに、親父はのうのうと後妻までもらいやがって。出来たあの娘は、乳母日傘で育てられたかと思うと、気持ちがおさまらねえ。俺の苦労を少しは味わわせてやる」

「市、むきになって急ぐと、たたけばほこりが出る体だ。この小屋まで終りになるぜ。おめえがその気なら、じっくり練って仕事をしようじゃねえか」

「それもそうですね。娘をかどわかし、取った金と娘を売りとばせば、少しは気が晴れる。悪で育って芸を身につけたのもおっかさんの仕返しをするため。座長、早めにという事で決めましょうかい」

座長が「五日後には旅仕度だ」

市之丞も言ったものの、あの娘が妹とは……。やっと気持ちが動いてきたと思ったら、血がつながった妹だったとは。どの道、人には言えねえ、裏じゃあ闇稼業。どうにもならねえやと思いながら、お雪の顔が浮かんできた。

なんてえこったい、おっかさん。俺に妹がいたなんて。火事で着の身着のままで焼け出され、おっかさんと逃げたけど、親父とはそれっきり会えずじまいだった。金もなく、住む所もなく、ひもじさに、おっかさんは食うために昼も夜も必死になって働いた。それを待っている俺は淋しくて、心細さに一人でいるのがつらくて泣いた事もあった。おっかさんは無理がたたって寝込んでしまった。食う事にも事欠いた。

ある晩、寝ていたおっかさんがやっと起き上がって「ゆう吉」と誘うので、「どこへ行くの」と聞いても、ただ黙って俺の手を引いて、夜の街を歩いて行った。神田川の和泉橋に行くと、「ゆう吉」と言って俺を抱いて橋から川へ落とそうとした、その時「何をするんだい」と言って止めてくれたのが「流れの以蔵」だった。

「理由はあるだろうが、早まっちゃいけねえ。とりあえず俺の所に来な」と言って、連れて行かれた所は芝居小屋で、「今はここしかねえが」と「衣裳部屋だが休んでいきな」と言われた。おっかさんも泣きながら「すみません」と詫びつつ、今までの経緯《いきさつ》を話した。

「私も体を病んでお金もなく、店賃《たなちん》が払えなくなり、いっそ、この子と死のうと……」

「そうだったのかい。俺はこの芝居小屋の座長で、京太郎というんだ。目鼻つくまでここにいるといいや」と言ってくれた。それから間もなく母親の病が悪くなり、「座長さん。ゆう吉の事、よろしくお願いします」と言って死んだ。

それからは座長に、昼は役者として育てられた。そして旅から旅へと回りながら、盗人としても仕込まれた。それがやっと人並みに好きな女が出来たと思ったら……。ちくしょう。どうする事もできねえ。所詮、俺の人生なんてこんなもの。こうなったら、なるようにしかならねえ。

その頃、お雪は、どうやって二十両を作ろうかと、お金の事ばかり考えていた。

そんなある日、お花の稽古帰りに、小さな子供から「お雪さんかい」と声を掛けられた。「そうだけど」「これ」と言って文を渡された。それには「中村座の者だが、市之丞に会いたいなら、二十両を持ってくれれば会える。この文を持って十三日、暮六つに小屋で待っている」と書いてあった。

お雪は何としても二十両を作らなくてはならない。親の手文庫にあった二十両を持ち出して、市之丞に会いに行った。親のお金を持ち出して悪い事だとわかってはいたが、しょうがない。そんな事より市之丞に会いたい一心で、他の事は頭になかった。

当日、小屋に着くと木戸口のお兄さんに「こっちに来な」と言われて、座長の部屋に連れて行かれた。そこにはあの座長と市之丞がいた。お雪は言葉にならなかった。

座長が「娘さん、金は持って来たかい」

「は、はい」と言うのがやっとだった。お金を渡すと、座長が笑いながら、

「市、おめえも男冥利というもんじゃねえか。こんな年端もいかねえ娘に好かれて。おい、みの吉。大黒屋へ文を持って行け」

「へい」と言って出て行った。その文には「娘の命が惜しかったら暮六ツに千両を持って芝居小屋へ来い。役人に漏らしたら娘の命はないと思え。くれぐれも与平一人で来る事」と書いてあった。座長が、

「娘さん。おめえさんには何の恨みもねえが、おめえの親の与平に捨てられた母子がいてなあ。大変な苦労して生きるために人に言えねえ事までしてきたのよう」と言われて、お雪はびっくりして何も言えずにいた。市之丞が、

「おめえが何の苦労も知らねえで、のほほんとしているのが我慢ならねえんだ。じきにおめえの親がここに来る。金を持ってな」

座長と市之丞はふくみ笑いをした。お雪は驚く事ばかりだった。

その頃、与平は文を読んで、

「おとせ、大変な事になったよ。雪がかどわかされて、千両を持って来ないと雪の命はないと

言ってきたんだよ」

「おまえさん、どうしよう。どうしたらいいの」

「落ち着いて。私もどうしたらいいかと。でも、雪のために千両を集めて持って行くほかないだろうね」

「雪はだいじょうぶだろうね」

「私もそれを願うしかない。ここまで来たらお役人にお知らせしなくてはならないね」

与平は、「番頭さん、番頭さんを呼んでおくれ」

番頭の公助が、「どうなさいました。ただならぬ様子ですが」

「実は、人には知られたくないのだが、雪がかどわかされて」

「えっ、お嬢様が」

「とにかく千両を持って来るようにと言っているので、芝居小屋へ行って来ます」

「そんな事でお嬢様が戻りましょうか」

「番頭さん。この事を自身番へ行って話してくれないかい。どんな事になるか、迷ったけれど。お役人に言ったら雪の命はないと言っているが、番頭さん行って来てくれないかい。この後はお役人に任せるほかない」

「はい。かしこまりました」

「おとせ、いいね。ここで騒ぐと人に知れる事になる。ここで待っていておくれ」

「おまえさん、雪は……」

「祈るしかない」

与平は雪が無事でいる事を願って、中村座の入り口に入ると座員らしい男が四、五人いて、奥の部屋だとうながされて入ってみると、三人の男がいて雪が縛られていた。

「雪、だいじょうぶだね」

雪は泣きながら「おとっつぁん、おとっつぁん」と叫ぶと、市之丞が、

「うるせい、黙っていろ。大黒屋与平。おみねと、ゆう吉という名前を覚えているか」

与平は思わず驚いて「えっ」と言って、「忘れた事はない。あの火事の後、離ればなれになったきりで、ずいぶんと探したけれどわからずじまいだった……」

「そうかい。そのゆう吉が俺なんだ」

「それじゃあ、おまえさんがゆう吉なのかい」

「あれから二十年、食うや食わずで泥水飲んで生きていたのよ。そんな事でおっかさんは病で死んだのさ。その後、座長に育てられたのよ。それなのに、おめえさんは大層な御身分になったみてえだ。あれ以来恨みつらみでこの日を待っていたのさ」

それを聞いて、お雪はただ呆然となった。私の好きな人が私の兄《あに》さんだなんて。本当なのか、うそであってほしい。市之丞は、

「俺とおっかさんが味わった事をおまえさんに味わわせたいと思っていたのさ」

「ゆう吉、聞いておくれ。私も火事以来、ずいぶんと探したが見つからなかった。いいわけになるが、何と言われてもあまんじて受ける。でも雪の命だけは助けておくれ。私の命はどうなって

もいい。さあ、ここに千両ある」

市之丞も「このままじゃまだおさまらねえ」と言った時だった。

「中村京太郎、またの名を流れの以蔵。神妙にお縄につけ」

「てめえら、役人に言ったな」と市之丞が、こうなりゃあとお雪の喉元に脇差しを突きつけ、お雪を抱きしめた格好になった。お雪はどきっとした。市之丞の胸の中で何か不思議な気持ちになった。どうせなら、このまま抱きしめられたままでどうなってもいいと思いながら……。

するとと市之丞が、「これ以上近づいたら娘の命はねえぞ」と言うと与平が、

「ゆう吉。雪はおまえの妹なんだよ。それでも」と言われて、市之丞の手元がゆるんだ時にお雪が振り向いて市之丞の顔を見て、「兄さん、兄さん」と言って泣きながら市之丞に抱きついた。

座長が、「市、後はねえ。やるんなら今だ。早く殺っちめえ。おめえがやれねえんなら」

以蔵が雪を刺そうとした時に、市之丞がお雪の体と入れ替わり、以蔵が市之丞を刺した。「うーん」と言って、

「市、おめえ」

「お頭《かしら》、すまねえ」と言いながら倒れた。お雪が市之丞を抱きながら「兄さん、兄さん」と呼んだ。目をかすかに開けて「雪……」と言って息絶えた。与平も泣きながら、

「おまえには親らしい事を何もしてやれなくてすまなかった。苦労したんだね。ゆう吉、堪忍しておくれ」と言って泣きくずれた。後は流れの以蔵一味はお縄になり、与平と雪は無事に家に帰る事が出来た。店の者達が出迎えてくれた。

「お嬢様もご無事でよかったですね」

雪は「おっかさん」と言って抱きついた。「心配かけてごめんなさい」

与平が皆に、「心配かけてすまなかったね。おかげで雪も私も無事に帰ってこられた。ありがとう」

部屋に入ると、

「おとせ、大切な事を黙っていて悪かったね」

「いいえ。私こそ苦しんでいたおまえさんの事に気付かずにいて、ごめんなさい」

「おとせ、聞いておくれ。おまえと所帯を持つ前におみねという女房との間にゆう吉という息子がいたが、火事でおみね、ゆう吉と離ればなれになって、探したけどわからずじまいだった。それから私はお前と一緒になったという事なんだ」と話をした。

「おみね、ゆう吉も大変な苦労をした。おみねは病で亡くなり、ゆう吉はあの座長に助けられ、育てられたと言っていた。それをおまえにもわかってほしいんだよ。それとおみねと、ゆう吉のお墓を建ててもいいね」

おとせも、「そうしてあげて下さい」

それから二人の墓も建てた。桜の花が咲き始めた時に三人で墓参りに行った帰り道で、桜の花びらが風に吹かれて散っている。そこに市之丞の流し目がお雪を見ているように浮かんでいた……。

流し目《しゃし》

花は咲いても　心は憂《うれ》い事
あなたは今　近くて遠い　想い人
焦がれて　知った切なさは　春の息吹よりもなお
あなたの愛しさを　目を閉じて　抱きしめる

まばゆい星空　ゆれる面影
あなたはどこに　恋は哀しい　葉隠れの花
熱き想いも　夢を見る事も　想い続けるでしょう
生きた時代をくやんだ　儚い恋は　夜の露

女郎花《おみなえし》

流れて来たのは千住。飯盛旅籠「田島屋」に来て三年が過ぎた。千住は日光街道を江戸から出入りする人が多く、それを当て込んで旅籠も多いが女も多い宿場町だ。それもあるが、ここに来たのはそれ以上に江戸から離れたくなかった。いいも悪いも、江戸の名残の華やかさの匂いが届く所だったからだ。

昨夜の客を送り出し、部屋に戻り、後かたづけをした後のわずかな時がお道《みち》のひとときの休みなのだ。いつか覚えたたばこを吸いながら、二階から行き交う人を見つつ、この道を行けば故郷へも続くのだと思った。廓《くるわ》の年季が明けて、廓に残る人もいたが、一日も早く廓から出たかった。そんな事もあり、廓ではお光と名乗っていたが、今はお道と呼び名を変えて新しい自分になりたかった。

廓を出て仲間の話を聞いたりして、岡場所に行ったり夜鷹をしていたこともあった。今は飯盛りで、廓の仕事よりは部屋をかけずり回ってあくせくする事はないが、仕事は同じでも実入りは少ない。気がつけば三十路を過ぎていた。

いつものように宿場を通る人を二階から見ながら思うのは、男も女も江戸の人は地方の人とは違う。見た目も身支度の仕方まで違うと思いながら、廓にいた頃、男ぶりも気持ちも良かった客に会った。相手は飾り職人で正吉《せいきち》と言った。確か正吉は小山の村から来たと言っていた。

客に惚れたのは初めてだった。会うのが楽しみで、来てくれるのが待ち遠しく、年季が明けたら所帯を持とうと言ってくれたが、金が続かず、無理をしていたらしく来られなくなった。とどのつまりは、金の切れ目、その後音沙汰はない。それきりになった事を想い出しながら、今はどうしているのか……。

年季が明けて五年が過ぎたが、故郷へは帰っていない。親にもずいぶん会っていない。どうしているのだろうか。年もとったことだろう。与吉、みよはどうしているだろうかと思ったら、いてもたってもいられなくて、店に頼んで休みをもらって帰る事にした。千住から歩いて赤羽の渡しへ。荒川を船で登り、浦和の渡しでおりて、歩いて大宮へ。上尾の近くの吉野村なのだ。

久し振りに帰って見る故郷の山に青い空、稲穂が風に吹かれて揺れていた。今も変わっていない。子供の頃の景色がよみがえってきた。ここが人らしく生きる所、やさしい人のふれあいがある。心を包んでくれる故郷なんだと想い出した。我が家へ近づくにつれて、野良仕事をしている人もいるが、お光を見ている。誰が来たのだろうと見ている。そして家が間近になるにつれて、人が何かよそよそしいのはめったに知らない人が来ないからだろうかと思いながら、わが家の戸を開けて「おとっつぁん、おっかさん」と大きな声で言えば、奥から母親のトメが「お光、お光じゃねえか。よく帰って来たなあ」

おっかさんの顔を見たら涙がこみ上げて、声を上げてしがみついた。「大変だったなあ」母親も声にならない。大分白髪も増え、腰も曲がっていた。泣きながら、

「おとっつぁんも、じきに帰って来る」

お光が「皆、たっしゃかい」

「ああ。与吉は一昨年嫁もらって、離れに住んでる。昨年女の子が生まれた」

「そうかい、よかったね」

「みよも、その年の秋に隣村の農家へ嫁に行った。こんな事を言うのもなんだけど、お光が働きに行ってくれたおかげで、家族がしのげた。お光のおかげだといつも話しているんだ。だけど、お前は大変な思いをしたなあ。有難うよ」

お光も、大変だったけれど家族に感謝されていると思うだけで、苦労のしがいがあったと思った。外から父親の時作が「おっかあ、今けえったぞ」おとっつぁんの声がした。

「あんた、お光が帰って来たんだよ」

「ええ」と言っておとっつぁんが茶の間に入って来た。

「お光、久し振りだな。ご苦労さんだったなあ。そうかそうか。それで今はどうしているんだ」

「とりあえず知り合いの所で手伝っているんだよ」

「そうか。いつもおっかあとおめえの話をしていたんだ。まあ、ゆっくりしていてくれ。じきに与吉も嫁といっしょに野良から帰って来る。けえって来たみてえだ。与吉、与吉」と呼ぶと、

「お光が帰って来た」

「ええ、姉さんが。お帰りなさい、大変だったね。ご苦労さんだったね」

すっかり大人になった与吉だった。

「嫁さんもらったんだって、おめでとう。よかったね」

「おかげさんで。昨年、女の子ができたよ。和っていうんだ」

おっかさんが「大した物はねえが、いなかの手料理でも作るか」と言って台所へ立って行った。

与吉が「おとよ、こっちへ来ねえか。姉さんが帰って来たんだ」

嫁さんが「初めまして、とよといいます。よろしくお願いします」

「光です。よろしくお願いします」

お光は、今までとは別世界にいるような、これが本当の人の住む所、家族のだんらんなのだと思った。これといった食べ物も、江戸と比べたらそまつな物でも、今日だけなのか、白飯に煮つけ、つけものがおいしかった。私が帰って来たからなのか、おっかさんの味だと思いながら、十何年か振りに親といっしょに眠りについた。

翌日から近所の人達が聞きつけて訪ねて来た。江戸へ行ったらきれいに、あかぬけたなあなどと言われて、何日かが過ぎた。親同士が何かこそこそ話をしている。嫁さんも何かお光をさけているような、子供を連れて親の部屋には来なくなった。何気に聞こえた親同士の話は、「いつまでいるのか」「それは聞けねえよ」

お光は今もやはり生活は大変なんだなと思った。そんな事を思いながら、長居は出来ないと思った。

「おっかさん、加茂神社にお参りに行って来るからね」と、道を想い出しながら、道すがら野良仕事をしている近所の人もお光と顔を合わせないようにしている。物めずらしさと勝手なうわさをしているのだろう。

お参りをして帰りながら、村の人から見れば、廓の世界で染みついたこの身はそう簡単には洗い流されるものではない。地味にはしてきたつもりの着物に帯、髪もこの村には不似合いなのだ。目立ちすぎるのだ。親といる時の立ち居振る舞い、しぐさも、廓の生活がどこかに出ていたのだろう。親の家には私の居場所はない。そろそろいとまをした方がいい。親も弟も、それに近所の人達もどんな話をしているのか、お光の生きた世界が違っていたのだ。迷惑なのだと思った。

その晩に「おとっつぁん、おっかさん、私も明日、江戸に帰るよ。何もしないでいると体がなまるし、そろそろ働かないとね。生まれ育った故郷はやはりいいね」と言うと、

「そうか、何もかまえなくて悪かったなあ。すまねえ。本当はもっとゆっくりしてもらえてえだが」と言って口をつぐんだ。

お光も「充分休めたし、帰って来て良かったよ。ありがとね」

翌朝早々に家を後にした。楽しみに、夢にまで見た故郷はこんなもんだったのか。廓にいた頃の仕事のつらさ、女同士の悪口、いじめよりも、身内の物言わぬ視線、居場所のない家も辛いものだと思った。私の帰る所は、華やかな赤ちょうちんが似合っている。男と女の世界なのだ。

帰りは大宮から船で荒川を下り、赤羽の渡しでおりた。宿場の途中の飲み屋へ入って、「お酒と何か肴《さかな》をみつくろって」、「ヘイ」と店の奥から返事がした。持って来た酒を一口飲んで安堵の溜息をついた。

やっぱり私はこんな生き方しか出来ないのかと思いながら、店の隅の方で飲んでいる、同じ年

恰好の女がいた。物思いにふけったような横顔が誰かに似ている。見直すと同じ廓・常磐屋《ときわ》にいた京香《きょうか》ではないかと。皆がうらやむように見染められ、身請けされていった。確か口入れ屋のかずさ屋清蔵だと言っていた。確かめてみると女もこちらに気付いて顔を合わせた。

「京香さんじゃあないかい、光《みつ》だよ」

びっくりした顔で我に返ったように「いやあ、めずらしい所で会うもんだね」

「京香さんはこっちの方だった」と聞くと、きまり悪そうに「私もいろいろあって。今どうしようかと思案中なの」

「そうだったの。どうだい、こっち来て飲まないかい」

「お光さんは」

「私も年季が明けてあちこちの店に行って、少し落ち着いたので故郷へ行っての帰りなの」

「そうだったのかい。家は良かったかい」

「それが帰ったけれど、人の家に行ったみたいでさ。ここで一杯飲もうと思ったところなんだよ」

京香も気持ちがほぐれたのか、少しずつ、その後の身の上を話しだした。

「所帯を持って三年ぐらいして亭主が卒中で倒れて、息子に店をつがせたら、息子の嫁と折り合い悪く、じゃまにされ、やれ家を乗っ取るのか、女郎上がりはこの家にはいらないと。いたたまれなくて、親の家に帰ろうか、先の事を考えながら思い悩んでいたんだよ」

「京香さんが廓の中で一番の幸せ者だと思ってたけど、わからないものだね」

お光もこう言った。

「私も親には会って来たけど、一度会えばいいと、そろそろ仕事をしなくてはと言って出て来たんだよ。何事もままならないね。廓を出てからあちこち行って、もうあくせくしたくないし、知り合いが千住にいて、よかったら働いてみないかと言われてね」

「そうなの。私もどこか小料理屋にでもつとめようかと思っていたんだよ。ひまがあったら浅草橋近くの総衛エ長屋にいるから寄って。私も気が重いけど、親のところへ行って事の次第を話に行って来ようと思っているんだよ」

「私も暇が出来たら訪ねて行くよ」

「それじゃ、またね」と言って別れた。人の人生なんてわからないものだと思った。

お光も自分の先の事はどうなるかわからないし、三十路を過ぎたと言っても、何する事も出来ない。田島屋へ帰るしかなかった。店に出れば相も変わらない毎日で、男と酒で日が暮れ明けてゆく。いつのまにか酒好きの飲んべいになっていた。

今夜はこれで終りかと思ったところ、「お道、お客だよ」と、部屋に入って来た男の顔を見ると、とっさに一角《ひとかど》の人だと思った。

「おそくて悪かったな」

「そんな事ないですよ」

「江戸に入るにはおそいんで、ここで一泊して明日発とうと思ってな」と言って、「酒をもらおうか」

「はい」お道は一目見て堅気ではないと思った。やくざ者でもないし、何をしている人かと興味を持った。どんな人でも大体は検討はつくなどと思いながら、「商いの帰りですか」と聞くと、

「まあそんな所だ」

男に、「以前に吉原にもいたことがあるのかい」と聞かれて、「はい。開けたもんですから。お客さんは、ずいぶんと通った方なんでしょうね」

「そうでもねえが」

「色々店は知っていそうですね」と言うと、笑いながら「若い時には通った時もあった。さすがに今は年だ」などと話しながらもかなりの酒を飲んだ。

「今夜はけっこう飲みましたね。お客さんは強いですね」

「そうでもねえが、姉さんと飲んでいると酒が進んでな。久し振りに楽しく飲めたよ」

お道も相手をしながら久し振りに酔っていた。男がお道の腕を引き寄せて、腕の中に抱かれて長襦袢の紐を引かれて前がはだけた。見詰め合って、ゆっくりと口をなめるように吸って、口の中でくり返しくり返し舌をからませながら、男の右手がお道の右足をつかんで男の左足の上に乗せると股が開いたようになり、お道の体は後ろへ倒れていた。股間の中に男の右の指で下から上へとさわるように、なでるように、ゆっくりとくり返されるとお道も感じながら、膣の中にやさしく指をゆっくり入れては引いてくり返されると、いつか女になったと意識した時と同じになっていた。じれるように待ちながら、早く、歯をくいしばり男の物がお道の中に入ってきた。腰を動かした時には体は波打ち、頭は真白になり、何かをさけんでいた。男の動きが止まった時にも、

ここちいいしびれが体を走っていた。そしてそのまま眠ってしまった。

はっと気付いた時にはその客はいなかった。枕もとに三両が置いてあった。お道はびっくりした。なぜこんなにたくさんのお金を置いていったのか。それも一見《いちげん》の客が。何をしている人なのか、こんな事も初めてだった。残り酒を飲みながら思い出していた。あの落ち着きと人をその気にさせて、女の泣き所も知り尽くしたあの男。この年になっても女の喜びを教えてくれたあの人は、と思いながら寝ていた。

「お道」と言って、おかみさんがどなって障子を開けた。

「あの客はどうしたんだい。お金はもらってあるんだろうね」

「もらってあるよ」

「そんならいいが。変わった人だよ」と出て行った。

北風が吹いて冬の便りが届く頃になると、今夜はお茶引きかあと、酒を飲みながらうとうとしていた時、部屋の障子が静かに開いて、「お道さん」と小さな声で呼ばれた。えっと思って起きてみると、そこにいつかのあの男がいた。

「ごめんなさい、気が付きませんで」と言うと、指を口にあてて「しっ」と言った。

「すまねえ、こんな時間に。実はお道さんにたのみがあるんだ」

お道が「何でしょう」と聞くと、「ゆっくりはしていられねえので、要件だけ言いやすが、実はここに三十両ある。これをあずかってほしいんだ」

お道は「えっ」と叫び、「私にこのお金を。私にはこんな大金、あずかれませんよ」

「そんなに長かねえんだ。近いうちに取りに来る。お道さんと見込んでのたのみだ。きいてくれ、たのむ。このとおりだ」

「でも、もしなくなったら」

「それはその時だ」

「お客さんの名は」

「くめ蔵と言うんだ。じゃあ、たのんだよ。お道さんを信じている」

と言って、あっという間に出て行った。お道もこんな大金どこに置こうか、しまおうかと、とりあえず押入れの裏の鴨居の所に置くことにした。何だってこんな私に。それからいつ来るのか気が気でなかった。

待てども来ないある日、役人が来て宿改めだと言って入って来た。そして「こんな男は来た事があるか」と人相書きを見てびっくりした。役人が「くめ蔵と言うんだ」。あの男もくめ蔵と言っていた。

おかみさんが「さあ」と言って「ここには来た事がありません」

「そうか。この男は霞のくめ蔵という盗人だ。いいか、来たら自身番にとどけるのだぞ」と言って帰って行った。

おかみさんが「お道、そう言えばいつだか来た客に似ていたね」

「そうですね」と言ったものの、お道はどきどきだった。大変な人に頼まれたものだと。どうしたらいいのか。だまっていてもし見つかったら、私も仲間と思われる。もちろんお金をくすねたらくめ蔵に追われる身になる。この年でこんな事になるなんて。毎日がびくびく落ち着かない日が続いた。これだけの人相書きが出まわっている。くめ蔵はどうしているのだろう。おちおち寝てもいられない。

季節も変わり、北風が吹きだした夜、お茶引きかと、酒でも飲んで寝ることにしようと横になっていると、何かの気配がして、目を開けると、そこにくめ蔵が立っていた。「あっ」と言うと、手で口をふさがれた。

「悪かったな、めいわくかけて」

お道が「金なら、その鴨居の裏にあるよ」

「そうか」と言って三十両持って来て、

「あんた盗人だったんだね」

「そうだ。お道さんもこんな事をたのまれる義理はねえだろうが、実は越谷にかね屋という旅籠がある。そこにお島という女がいる。そのお島にこの三十両を届けてもらいてえんだ」

懐から二十両を出して、「これはお道さんにお礼という事で。申し訳ねえが、越谷まで行ってもらいてえんだ」

お道は返事に困った。話に乗れば盗人の片棒を担ぐことになるし、断ればくめ蔵に何をされるかわからない。くめ蔵がこう言った。

「そこに娘がいる。四歳になる、あっしの子でして。お島と娘にましな暮らしをと思ってつくった金なんです。あっしもここまできたら、先はわかっている。だからこの金をどうしても届けてもれえてんです、お願えしやす」手をついて頭を畳につけられた。

お道も乗り気ではないが、がらにもなく人助けかと、「わかったよ。越谷のお島さんの所に行ってこの金を渡せばいいんだね」

「ありがてえ。これで俺も思い残すことねえ。よろしくお願えしやす」と言って、雨戸を開けて出て行った。

翌日、お道はおかみさんに田舎に行くと言って、「そんなに日々はかからないと思いますが、休ませて下さい」と頼むと、「ああいいよ」と言ってくれた。

朝に店を出るのは親の所に行って以来だ。越谷の小さな旅籠のかね屋でそこで飯盛りでもしているのかと思いながら、まだ時間が早いが、とにかく用を早くすませたかった。

「ごめんください」

「はーい」と言って店の小女が出て来た。

「こちらにお島さんがいると聞いて来たんですけど」

「お島さんはいますが、体をこわして休んでいます。お島さんの家はこの先の親衛ェ長屋です」

「ありがとうございます」と言ってお島の家に向かった。通りの裏の粗末な長屋だった。

近所の人に、お島さんの家はと聞くと長屋の奥だよと言われて、「ごめんください」と声をかけると子供の声で「はーい」と言って戸が開いた。

くめ蔵が言っていたとおり四、五歳の女の子で、「お島さんは」と言うと、力ない声で「はい」と返事し、体を起こそうとしたが起き上がれない様子で、顔はどす黒く、頬はこけて、横になっ

ていた。大分悪そうだった。咳をしながら、

「どちら様ですか」

「私はお道と言います。ある人にたのまれてね」

「と言いますと」

戸の方を気にしながら、

「くめ蔵さん、知っていますね」

「えっ」と言って、「知っています」

「くめ蔵さんに、このお金をお島さんに届けてくれと頼まれて来たんです」

「そうでしたか」

お島が力のない声で話しだした。

「五年前にかね屋でくめ蔵さんと知り合って、少しだけどいっしょに住んで、その時に出来た子があの子なんです。おみよと言います。それからくめ蔵さんが仕事で江戸に行くと言って、それきりになって今まで何の音沙汰もないんです。私もこんな体になってしまって、この子の事が心配で」と言いながら、息絶え絶えで、やっと話をした。

「それで、お医者には」

「診てもらっていません」と言って目を閉じた。

「おみよちゃんかい。お医者さんの所わかるかい」

「うん」と言った。

「すぐに呼んで来て。お金ならおばちゃんが持ってるから」と言った。

じきに医者が来て診てもらうと、

「そうですね。体は大分弱っています。残念だが施しようがない、持って二ヶ月」と告げ、薬を置いて帰っていった。

お道のする事は終ったが、おみよが不安そうな顔でお道を見ている。見れば、食べる物もろくに食べていない様子で、お道も子供の頃、両親はいたが、食べるのに事欠いた事をふと想い出した。この部屋にいると生きる事の大変さを実感するのだった。

するとお島が、

「お道さん。私は自分の事はわかっています。ただこの子の事が心配なんです。古河に私の親がいます。このお金を持って親の所へこの子を連れて行ってもらうわけにはいかないでしょうか」

何で私がそんな事をしなくてはならないのか。ここまで来るのにも、くめ蔵とかかわり合った事だけでもどうなるのかと思ったのに、この子をさらに古河へと思っただけでも、何で私がそこまで……。

ただ、明日をもしれない命のお島に、「お願いします、お願いします」と言われると、お道も自分で生きるのに必死で、体ひとつで指折り数えた年季明けを待っていたことを思い出した。私は元気だから今がある。お島のたのみをお道が断れば、おみよの先はそれこそいいように使われて、売られ売られて、お島と同じになると思ったら、返事が出来なかった。

それより、今日食べる物もろくになく、米びつを見れば空だし、何もなかった。何とかしなく

ちゃと思い、

「おみよちゃん、この辺に買物するとこあるかい」

「うん」とこっくりした。

「じゃあ、連れて行って」

ひととおりの物を買ってはみたが、お道も今までご飯すら炊いたことがないし、魚を焼くぐらいしかできない。お米をといで、後の水かげんは適当でなんとかなるだろう。案の定ゆるゆるのご飯になった。メザシを焼いて、「おみよちゃん、どうだい」と聞くと、よほど腹がすいていたのか「おいしい」と言って食べていた。

「お島さんも食べてみるかい」と聞くと、「すみません」と言うので、残ったご飯に水を少し入れて、もう一度火にかけて、やわらかくなったので玉子を入れて持って行くと、涙を流しながら「すみません」と言って、二口、三口食べると「ごめんなさい」と言って横になった。お道も、これは相当悪いのだ。これではこのままおみよを連れて親の所へ行くどころではないと思った。

翌日も、足りない物を買ってきて、私とおみよの分は作らないと。お島に食べたい物を聞いても何もいらないと、時々水を少し飲むだけになっていた。薬さえも受け付けないようになっていた。「お島さん」と呼んでも、うっすら目を開けては、またつむる。おみよも心配そうに、お島のそばを離れない。そんな事をくり返していた。

三日目、朝起きてみると、お島の顔がいつもの寝顔と違うので、「お島さん、お島さん」と呼んでも目も開けない、頬に手をあててみると冷たい。

「おみよちゃん、お医者さんを呼んで来てくれるかい」

「うん」

「急いで来てと言ってね」

びっくりした顔で走って行った。お医者が来て、脈をとるなり顔を横に振った。お道もさすがにがっかりした。まだ若いのに、くめ蔵とも会えずに死んでいった。さぞや心残りだろう。おみよの事もある。やはり簡単でもお島さんの供養をしようと、「おみよちゃん」と言っても、驚いたのと、お島の死ということがわからなく、ただぼうぜんと親の顔を見ていた。

「おみよちゃん、ここの大家さんの所へ連れて行って」と言って、大家の家に行った。

「私は知り合いの者ですが、お島さんが亡くなったので」と話をすると、「そうだったんですか」と言って、今夜お通夜という事で「これで足りますか」と言って一両を渡す。

「はいはい、わかりました。長屋のみんなにも伝えましょう」

その晩に長屋の人達が来て、お焼香をしてくれた。「お島さんも、心残りだろうね」などと言いながら帰って行った。翌日は裏山の近くに葬ってくれた。

「大家さん、戒名を書いてもらえますか。くめ蔵、お島と」

「いいですよ」

「大家さん、それで後いかほどお支払いすれば」と聞くと、

「それより、おみよの事はどうなさるか」と聞かれた。

「亡くなる前に頼まれて、古河にお島さんの親がいるので、そこへ連れて行ってと言われました

ので」

「そうですか。私もそれが心配だった。それさえわかれば、いただいたお金だけでいいですよ」

「すみません」

「じゃあ、これから古河へおみよを連れて行きなさるか」

「はい。そうしようと思います」

「大変だろうけど、頼みましたよ」

「はい」と言って、おみよと二人で部屋に戻って位牌に手を合わせて、

「お島さんに頼まれた事、おみよさんとおっかさんの所へ行って来ますよ。成仏して下さい」

おみよもわからないなりに手を合わせていた。その位牌を持って、「じゃあ、おばあちゃんの所に行こうか」

古河まで子供連れで、三日で着くかなどと思いながら、日光街道杉戸の近くで、

「おみよちゃん。少し休んでいこう」

茶屋でお茶を飲みながら、「おだんご食べるかい」と聞くと、うれしそうに「うん」と、だんごを初めて見たように目を見開いて、一口食べると「おいしい」と。

「それはよかった。たんとお食べ」と言っておみよの顔を見た。

道すがら、子供なりにお島が死んだ事がどういう事かわかっていない。おみよは、元気なくうつむいて歩いていた。「だいじょうぶかい」と聞くと「うん」と言う。

杉戸のこの旅館に泊まろう。部屋に案内されて、食事の前にお風呂に入ろうと思った。

「おみよちゃん、お風呂に行こう」と言うと、風呂には入ったことがないのか、お道の後について来た。

「ここで体を流してね。それから湯舟だよ。どうだい」

「気持ちいい」

「おばちゃんが体を洗ってあげよう」と洗ってあげると、体はやせ細り、これでよく今日は歩けたもんだと思った。

もう一度、湯舟に入って部屋に戻ると、食事の用意がされていた。

おみよも何もかもが驚くことばかりなのだろう。目の前にある料理を見て、声も出ない。初めてなのだ。ご飯をよそると「いただきます」と言って、初めて食べるおかずに「おいしい、おいしい」と食べている。お道もこんな料理を食べるのも久し振りだった。江戸とは違って千住の宿場で店のご飯なんかは、簡単なおかずで、食べ終るとすぐに仕事だった。おみよは夢中で食べている。

「もういいのかい」

「お腹いっぱい。ああ、おいしかった」

「よかったね」

お道も、子供なんてわずらわしい。酒でも飲んでのんびりした方がなんて思っていたが、思いもしない人との関わり合いで、子連れの旅をするなんてと。でも子供も可愛いものだと思ったが、それも、明日かあさってには終る。

「さあ、寝ようか」

おみよも満足した様子で、「おやすみなさい」と言って蒲団に入った。

朝ご飯を食べて、「さあ、おばあちゃんの所に今日着くかな」と言いながら、古河へ向かった。

「足、痛くないかい」

「だいじょうぶ」

お道もこんなに歩くのも親の所へ行って以来だ。自分は、もう親の所へは行く事もないだろう。せめて、おみよはおばあさんの所へ行って、何事もなく育ってほしいと思った。

「おばあさんの所へは夜になりそうだから、どうせなら栗橋でもう一泊して、昼におばあさんの所に行こう」と言うと、「ほんと」と言って「旅籠に泊まるの」と言うとうれしそうだった。お道も何かまっとうな生活のような、普通の人なら、これがあたりまえなのかと思った。

お島の家で初めてのご飯作りから掃除、洗濯と、女房みたいな事をして、今日まで家庭というものはこんな平凡な暮らしなのかと。ただ亭主がいないがと思いながら、

「さあ、明日だね。おばあさんのいう事を聞いて、可愛がってもらいな」と言うと、こっくりした。

朝、旅館を発ち、昼には古河に入った。神宮寺の近くだと言っていた。野良仕事をしている人に、うへいさん、お時さんが住んでいる所を聞くと、何か怪訝な顔をして、

「どなたか知らねえが、うへいさん、時さんは、とうに亡くなって、家も畑も処分されている」と言われて、お道は驚いた。

「いつ亡くなったんですか」

「はあ、三年めえだあ。おやじは体が弱くてなあ。おっかもまもなくだった」

こんな事があるのか。やっと肩の荷が下りたと思ったら。どうしよう。おみよを置いて帰るわけにもいかないし。

「うへいさんの親せきはいないですか」と聞くと、

「お島という娘がいたが、音沙汰なしだ」

お道は「そうですか」と言って、おみよを連れて帰るしかなかった。おみよも不安そうな顔で、お道の手を握った。お道も、やっとここまで来たというのに、帰ると言っても千住の田島屋には帰れない。くめ蔵ももう捕まっているだろう。この子供連れ、行く所といったら、道々考えても、やはりお道の知っている所は江戸しかなかった。が、廓の中しか知らない。

おみよの手を引いた。「どこへ行くの」と聞かれて、思わず強い口調で「わからないよ」

おみよもそれっきり黙りこんでしまった。とりあえず日の落ちないうちに行ける所まで行こう。今日は杉戸で泊まって……いろいろな事を考えて黙っていたら、おみよが泣きだした。はっと気付いて、「ごめんね。おばさんもおみよちゃんのおばあさんがいないとわかって、どうしていいかわからなくって」とおみよの肩を抱いた。「今日はここに泊まるからね」松屋という旅籠に泊まる事にした。

お道も、これから江戸には行くには行くが、知った人は誰もいないし。そうだ、京香が浅草橋あたりに住んでいると言ってはいたが、今はどうしているかわからないが、訪ねてみようと思った。草加で一泊して、翌日中には千住の手前か先で一泊してと思いながら、おみよもよく歩いて来たと思った。

翌日は浅草橋に行ける。今戸に近づくと江戸への道は家数、人も多くなり、浅草寺近くなるにつれて、あの華やかさ、活気に満ちた店並、人の話し声が聞こえてきた。そして、このにおい、空気がよみがえって来た。お道も、私もやはりここで育てられ生きていたのだと思った。何か元気まで出て来た。京香はそこにいるだろうかと、浅草橋近くの総衛エ長屋と聞きながら行くと、近くにあった。

長屋の人に聞いてみると、「京さんなら、この二軒隣り。今いないよ、出かけている」と言われて、お道もほっとした。ああよかった。広い江戸で唯一の知り合いだ。どこかでご飯でも食べに行こうと、「おみよ、お腹すいたろう」と言うと、うれしそうな顔をして、にこっと笑った。近所の飯屋でおそい昼ご飯を食べて、長屋に行く道すがら、おみよも、お道もこの界隈の店の数、人の多さにただ驚いた。

今度はどうかと「ごめん下さい」というと、「はい」と声がした。戸が開いて顔を見合わせた。

「お光さん」「京香さん」と呼び合って、

「いやね。あの時以来だね。浅草橋の近くと思って訪ねて来たんだよ」

「そうだったの」

お道はすくわれたと思った。

「よく来てくれたね。この娘《こ》は。お光さんにこんな大きな子がいたとは」と言って、お道を昔の源氏名で呼びながら、たいそう驚いた様子だった。

「いやね。私の子ではないけれど」と言ったところで、

「まあ、せまいけど上がってちょうだいよ。何んていう名だい、おみよちゃんか。あがんな。今お茶入れるからね。お互い、いろいろあったみたいだね」

　京香もお茶を出しながら、「おみよちゃん、これおいしいよ」とせんべいを出され、「ありがとう」と言うと、「しっかりしてるね」

「そう。あの後少しして、店に帰ってから客にどうしてもと頼まれて、いきさつを聞いて、この子のいる家に行ったけど、おっかさんが亡くなって、元の店には戻れないし、江戸しかないと、京香さんの事を想い出して訪ねたというわけなんだよ」と話したが、さすがに盗人のくめ蔵の事は話せなかった。

「そうだったのかい、大変だったね」

　京香もあの後と言って話し始めた。

「親の所へ行って一部始終を話して、どうしようかと思ったけれど、やはり親のそばでは住めないし、働く所だってないからね。それで戻って、『たね屋』という小料理屋で働いているんだよ」

「そうだったの。私もこの子の事も何かの縁かなと思って。かと言って飯盛りの仕事も出来ないし、この子の目鼻がつくまで、どこかで下働きでもしようと思ってね。今までは気楽に生きてきたけれど、何かこの子がいることで、私もどこまで出来るかわからないけど、やるだけやろうと思ったんだよ」

「やらざるをえなかったんだろうね。だけど、お光さんはえらいよ」

「ところで、京香さん。迷惑じゃなかったら、この近くの長屋に住んでもいいかね」

「ああ、いいよ」

「私も昔の仲間がいた方が、時には話もしたいし」

「この辺に有ると思うよ。聞いておくよ。とりあえず、今夜は私の家に泊まってさ。私もこれから仕事が有るんで、ここでのんびりしてよ」と言って出て行った。

お道もよかったと思った。どれだけ心強いか。後は住む所が決まったら、昼間だけの下働きを探そうと思った。でも、京香が誰か男と住んでいなくて良かった。部屋もきちんと片づいていた。

どれぐらいだったかして、京香が帰って来た。

「遅くなってごめんね。お腹空いたろう。これ、店で客が箸も付けなかったので、残りごはんだけど持って来たの」

「京香さん、何かとめんどうかけてすまないね」

「気にしないで。お互い様だよ。おみよちゃん、お食べ。お光さん、あたし達もこんな子がいてもおかしくないんだよね。でも、私の子供の時もひどかったよ。食べる物がろくになかったし、一日一回でも口に入れる物があればよかった時もあったねえ」

「家《うち》も同じだよ。それで廓に来たという人は皆同じだね」

「でも、あの中で三度の白ご飯、うれしかったねえ。あのまま家にいたらどうなっていただろうと思っても、結局同じだったね。今日は疲れたろう、寝るとしようか。おみよちゃんはおっかさんと、じゃなくてお道さん……、やっぱりお光さんの方がいいよ。いっしょにね」と言って眠りについた。

お光も安心したのか、疲れてもいたので朝までぐっすり眠れた。目が覚めると、京香が朝餉の準備をしていた。

「ごめんなさいね。おみよ、起きな」と言って起こし、「おかげ様で、夢も見ないでぐっすりだったよ」

「いや、疲れていたんだよ。子連れの旅なんて初めてだろうし、いろいろあったからね。さあ、何もないけど食べて」

「すまないね。ごちそうになるよ」

おみよも「いただきます」と。

「この子、私たちの子供の頃と同じように、食うや食わずだったんだよ。しっかりせざるをえなかったんだね」

「それで、この大家さんが近くに住んでいるので、どこか空家があるか聞いて来るよ。ちょっと待っていてね」と言って出て行った。

「おみよ、食べた物を洗い場に持って行って、洗うから。おぜんをあった所に持って行って」

「はい」

後かたづけをしてしばらくすると、京香が戻って来た。

「この長屋から半町ぐらい先に行った所に、古いが空家があると言ったけど、見に行ってみるかい」

「そうだね。もう雨風しのげればそれで」

「じゃ、いっしょに見に行こう」

三人で長屋に行ってみると、五軒長屋の奥から二番目の部屋だった。

「古いが、これで充分だよ」

「じゃあ、この隣の棟に大家さんがいるので、お願いに行ってみるかい」

「そうだね」

「ごめんください」

「はい」と言って、大家の信衛が出て来た。

「実は空いている部屋を借りたいのですが」と言うと、三人の顔を見て、

「三人で住むには」と。

「いいえ、借りたいのは私とこの子です」

「そう、三人じゃ狭いと思って。子供さん連れでいいですよ。いつでも引越して来てもかまいませんよ。長屋の皆なには住んでから話します」

「そうですか。よろしくお願い致します」

帰りの道すがら、「お光さん、よかったね。店賃も手頃だし。少し古いけど」

「京香さん、ありがとうね」

「じゃあ、ついでに必要な物買って行くかい」

「すまないね。どこに何が売っているのかもわからないし」

京香が「馬喰町近辺に行けば何でもあるよ」

問屋街は大変な店数で行商人も多い。

「とりあえず大きな物だけを買って長屋に持って行き、もう一度、細かい物は明日にでも」

「でも、京香さん。何から何まで助かるよ、ありがとね」

「気にしないで」と言って帰って行った。

「おみよ、お腹空いたね。今日は外でご飯食べよう」

通りにある飯屋に入った。

「ご飯二つ下さい」「へい」と言って、じきに持って来た。食べながら思ったのは、江戸のご飯はおいしいし、おかずの味付も違っていた。やはり江戸だと思った。

部屋に戻って、お光も部屋に必要な物と他に買う物はと思うと、まるで所帯でも持っての買物ならまた楽しいのだろうと思いながら、あの廓の中でどれだけの人が所帯を持てたのだろうか。あの仕事の因果みたいなもので、真っ当な仕事も男とも出会えないような気がした。おみよがうつらうつらしているのを見て、私もおっかさんになってしまった、などと思っていると、京香が、

「遅くなってごめんね。残り物のご飯でおにぎりを作って来たよ。いろいろあった物をかき集めて持って来たよ。食べて。おみよちゃん、お腹空いたろう」

「京香さん、気を使ってもらってすみません」

「廓の仲間じゃないか」と言ってくれた。お光は涙がこぼれて来た。

「私はこんな事ぐらいしか出来ないよ。それこそ同じ釜の飯を食べた仲」と笑いながら、

「仲良くいこうよ。じゃあ、明日は細かい物を買いに行こう。それで大体そろうと思うよ」

「京香さん、明日もう一日お願いしますね」

翌朝、京香が、

「おはよう。これ昨日のあまり物だけど持って来たの、食べて」

「丁度これから作ろうと……、ありがとう」

翌日は、浅草橋近辺の店で何でもそろった。

「これだけあれば、だいじょうぶだよ」

おみよも「あたしも、これ持つよ」と小荷物を持った。

「おみよちゃん、たのもしいよ」と言って、長屋まで持って来た。

部屋で買った物を整理しながら、

「京香さん、本当に助かりました。何んてお礼を言ったらいいか、ありがとうね。後は二人で出来るので」と言うと、「じゃあ」と帰って行った。

これが新所帯か。こんな長屋暮らしも初めてだ。まさか子供といっしょに住むとは思わなかった。夕飯の支度の物はあったが、近所へ食べに行こうかと。外で食べるのも今日ぐらいか、これからは家で作らなくてはと思いながら、食べ終って帰った。

かたづけも出来たし、寝ようかと思った時に、

「こんばんは。寝たかい」と言って京香が戸をたたいた。開けながら、

「そろそろ寝ようかと」

「ごめんね。遅かったけれど、引越し祝いを持って来たよ。ええっと、これ、酒と料理も少しだけれど」

「いやあ、ありがとうね。うれしい」人からもらったお祝いも初めてだった。

「ありがとうね、何から何まで」

「おいていくよ、じゃ、おやすみ」と帰って行った。

「おみよ、この魚もおいしいね」と食べ終って、おみよも寝たので、お光も久し振りに一杯飲んでみると、久し振りのせいか、きいてきたので、敷いた蒲団に横になった。

しばらくすると、何の夢かわからないが、うなされて声も出したのだろう。「うん」と言いながら自分の声で目がさめると、おでこに手ぬぐいがのっていた。その横でおみよがこっくりこっくりして、座っていた。額には寝汗をかいていたのか、冷やした手ぬぐいをおでこにのせてくれたのだろう。おみよが目をさまして、

「苦しそうな声だしていたよ」と心配そうな顔で見ている。

「それで冷やしてくれたのかい」こっくりした。

「ありがとうね。もうだいじょうぶだよ。あまり寝てなかったからね。おみよ、ここでいっしょに寝るかい」と言うと、蒲団の中に入ると「おっかさん」と言ってお光の胸に抱きついてきた。お光も初めて「おっかさん」と呼ばれ、おみよを抱きしめた。

「ありがとうね。寝よう」

そんな事があってから、どんな時でも「おっかさん、おっかさん」と呼ぶようになった。おみよも淋しかったんだろう。親の蒲団に入って抱きしめてもらいたかったのか、何か親子のふれあいになった気がした。

それからお光も口入屋に行った。蔵前にある大店の呉服屋の井筒屋の下働きとして通うようになった。大勢のまかないと掃除と、朝から夕方まで働いた。お光もこの年まで下働きなどやった事がないので、膝、腰は痛くなる。家に帰ると腰を伸ばしたり叩いたりした。おみよも「痛いの」と聞く。

「忙しかったからね」と言って、何日かした後だった。

「おっかさん。これ痛いところへ貼るとよくなると言ってたよ」と貼り薬を見せた。

「おみよ、この薬、どうしたんだい」と聞くと、「もらったんだよ」と言うので、

「おみよ、ここに座んな。どこでもらったんだい」と怒ったように言うと、

「本当だよ。もらったんだよ」

「おみよ、そこの店におっかさんを連れて行きな」

お光は、もしや盗んだのかと思った。おみよが浅草橋から蔵前に近い所にある香林堂という薬種問屋に連れていった。

「ごめんください。私はお光と申します。実はうちの子が、こちらの貼り薬をもらって来たと言っていますが」と手代に言うと、旦那さんという人が出て来た。

「主人の前衛門と申します。昨日の娘さんが」

「はい」

「確かに差し上げました。いえね、娘さんが来て、腰が痛いが薬があるかと言いますので、これはききますよと。すると娘さんが、いくらかと聞きますので二十文だと申しました。すると、お金がないが薬がほしいと。その代わりに私が働いて返しますと言いますので、誰が使うのかと聞きますすと、おばさん……いえ、おっかさんですと申します。よくよく聞きますと、実の母親は病で死んで、江戸にいっしょに来たおばさんが働きだしたら、腰と膝が痛いのと言いますので、私が働いて返すから薬がほしいと聞いて、こんないたいけな子供さんが……。それで、この薬はあげますよ。でももう少し大きくなってから働いてくれればいいですよと言ったんですよ」

と、お光は聞いて、

「私はまた、薬をくれるわけがない。もしや盗んだのかと思いました。とんだお騒がせをいたしました。ところで、おいくら払えば」

「いや、お金はけっこうです。もし娘さんが働けるようになった時、娘さんが働いてもいいと、そしてお光さんもいいとおっしゃるなら、私共の店で働いてもらいたいと思います。こんな優しい娘さん、私共の店に来てもらいたいと思います」

お光も、「おみよが働きたいと言いましたら、こちらこそお願いいたします」と言って帰って来た。

「そうだったのかい。おみよ、怒ったりしてごめんね。これからはおっかさんに何でも話しておくれ。いいね」

おみよも「はい」と。

長屋へ帰ると、そこに大家さんの信衛が来て、

「長屋の皆に紹介しておこうと思って。皆集っておくれ。今度長屋に来たお光さんと娘のおみよさんだ。皆、よろしくたのむよ。四人共所帯持ちだ。うめさんに松さん、千代さんにヨネさんだ」

「光です。今度こちらのお世話になります。よろしくお願いします」

口々に、「よろしくね。わからない事があったら何でも聞いておくれ。亭主達は働きに行っている。いずれわかるよ」

「私も昼間働きに行っていますので、娘共々よろしくお願いします」

「いいよ。いつでも遊びにおいで」と言ってくれた。いい人達の長屋でほっとした。

それからも、京香も顔を出して「これ、おすそわけだよ」と言って持ってきてくれ、

「どうだね、お光さん。仕事は大分慣れたかい」

「何たって、掃除、まかないなんてしたことないからね」

「そうだね。でも廓の中にいた事を考えりゃ、ずっとましだよ」

「そうだね。でもそれもいい想い出だねえ」と話しながら、

「おみよちゃんも大きくなったらねえ、これからいい娘さんになるよ。売れっ子になるねえ」

お互い顔を見合わせ、「しー」と指で口を押さえて、「また来るよ」と言って帰って行った。

お光も、大分家事に慣れて、朝はいっしょに食べて、昼は朝作ったおにぎりをおみよと自分の

分を作って、夜はお光が途中で買物して夕飯という、決まった暮らしが始まった。

それから一年近く経っただろうか。おみよが、

「おっかさん、話があるの」

「なんだい」

「私も働きたいの、香林堂さんで」

と言われて、おみよをしみじみ見ると、顔立ちも体もしっかりしてきた。

「そうだね。おっかさんはまだ早いと思うが、おみよがそう思っているのなら、一度、香林堂さんに相談に行こうかねえ」

「はい」

おみよも、香林堂を少し離れた所から見て、お店の人のお客と話している様子、おじぎなんかを見ていたと言っていた。そんな事を聞かされて、お光が仕事から帰ってからおみよといっしょに香林堂に行った。

「ごめんください。その節はお世話になりました。お光ですが、御主人様は」

「少々お待ち下さい」

奥から前衛門が出て来た。

「あの時のお二人でしたか」

「はい」

「それで、何か」

「それでお願いがあってまいりました」

「それで」

「実は娘がこちらのお店で働きたいと言いますので、伺ったしだいです」

「ああ、そうでしたか」

「私はまだ早いと言いましたが、娘がどうしてもと言いますので」

「そうでしたか、娘さんが。それでは、半年を見習ということで。それでも娘さんが働きたいと言ったなら、店として雇いましょう。いかがですか。どうりで、店の者が時々おみよさんを見かけたと言っていました。どんな仕事か見ていたんでしょうね。そうだったんですか。それでは、月初から店に来て下さい。それでいかがでしょう」

「けっこうです。そういう事でよろしくお願いします」おみよもおじぎをしていた。

そして、当日の朝、お光が目を覚ましたら、かまどに火をつけていた。おみよもやはり気持ちがたかぶって早く目が覚めたのだろう。

「おみよ、今朝は早いね」

「寝ていられなかったの」

「今日からだねえ。初めは何もわからないだろうから、言われた事から少しずつすればいいよ。それから、お客さんも、店では目上の人ばかりだから、言われた事に『はい』とはっきり返事する事が始めだよ、いいね」

おみよが黙っていると、

「いいね。言われた時も『はい』だよ、わかったかい」

「はい」

「そうだよ。おっかさんとおみよの話じゃない、皆目上の人なんだからね」

「はい」

「そう。そして一度には出来ないが、言葉使いも覚えていくんだよ」

「はい」

「初めはそんなところだよ。こっちへおいで。人前に出るんだから、髪もだんだんに自分で整えられるようにね」

「はい」

「じゃあ、このおにぎりを持ってね」

「はい」

「いってらっしゃい」

「いってきます」と出て行った。

早いものだと思った。小さくて、痩せこけて色黒の子が、さまになってきた。それにしても、よく仕事をしようと思った。お島さんといた時は働かないと何も買うことも、食べる事も出来ない。薬もお金さえあれば買えると思っての事だと思って、働くということだったのか。お光も、あの子が何とかなるまでもう一働きだと思いながら店に行った。

おみよも毎日時間には起きて、自分の支度をして、食べて、髪も直して出て行く生活が始まった。店ではどうなんだろう。ただおろおろしながら、じゃまにならないようにやっているか、お光も心配だったが、毎日店に行くのが楽しみに見えるくらい、いきいきしている。こんな姿をくめ蔵、お島さんが見たら何て言うだろう。「見守って下さいな」

師走に入ると、お光の呉服屋でも正月の準備で忙しい。おみよも、「お店もいつもより荷が多く入ってきているよ」と。

それから何日かして、

「おっかさん、お店で店が終った後で酉の市に行くと言うんだけど。旦那様も行くしと言われたんだけど、おっかさんに聞いてきなと言われたの」

「そうかい。おみよが行きたいならいいよ」

「私、行きたい」

「行っておいで」

「行ってきます」と出て行った。

おみよも世間に出て働くようになると、新しい事やめずらしい物に興味を持っていくのだと思った。店にも大分慣れてきたよと言っている。今日は帰りは少し遅くなると。待っていると、いつもより一時半を過ぎた頃に「ただいま」と元気のいい声でおみよが帰って来た。その後で、男の声で「こんばんは」と声がした。

「番頭の伊助でございます。帰りが遅くなりましたので、送ってきました」

お光が「ありがとうございます。わざわざすみませんでした。御主人様によろしくお伝え下さいませ」

「はい」

「それでは、おやすみなさいませ」

おみよが、興奮冷めやらない顔で、

「すごい人で、たくさんの店で、熊手というのが大きいのから小さいのまで売っているんだよ。うちの店は決まった店で中ぐらいの熊手を買うと、皆んなで手をたたくんだよ。商売繁盛するようにだって」

一気に話した。お光も話には聞いていたが、そう言えば廓の常磐屋にも大きな熊手が飾ってあった。

「それはよかったね。お腹、空いてないかい」

「神社の近くのお店で、みそこんにゃくだって、皆でごちそうになったの。おいしかった。お腹空いてないよ」

「じゃあ、明日にでもおにぎりにしておくね」

「はい」

「じゃ、寝ようか」「おやすみなさい」

暮れも押し詰まり、正月の準備がどこの家でも始まった。おみよが、

「おっかさん。正月の後に藪入りというのがあって、その時は奉公人は休みだってね」

「おっかさんの所も同じだよ」

「それじゃ、お参りにでも行こうね」

「あとは、お正月の用意しなくちゃね。おもちと、おせちもね」

おみよも「うわあ、楽しみだなあ」と言いながら、正月元日は二人で、朝はお雑煮とおせちで、食べた後で「どうだい」と聞くと、おみよも「おいしかったよ」

お光も家で正月を迎える事自体初めてだし、こんなおだやかな元日を迎えられる事がうれしかった。

「それじゃ、浅草の浅草寺さまへでも行こうか」

浅草寺近くになるにつれて、大変な人で、人に押されながら本堂へ行くようだった。

「おみよ、おっかさんから離れるんじゃないよ」とおみよの手を握り、本堂前で「おみよ、これお賽銭だよ」と「お願い事を言って、これを賽銭箱に入れるんだよ」「はい」手を合わせていた。

お光も、これからもおみよと二人で何事もなく暮らせますようにと祈った。

本堂からの脇道に行った所の先に吉原がある。今は遠い昔のように思えた。

「さあ、ここから出て行こう。そうだ。あそこの店でおしるこでも食べて行こう」

おみよも目を丸くして、店に入り、

「おしるこを二つ下さい」

「お店の中もいっぱいだね」

「お正月は特別なんだよ」

運ばれて来たおしるこを見て、

「おいしそう」

「熱いからね。ふーふーしながらね」

口にすると、

「おっかさん、今までで一番おいしいよ」

「そうかい」

お光も、食べた記憶はなかった。二人で食べられる事に幸せだと思った。

長屋に戻ると、

「歩いたから疲れたね。それで、おみよは何お願いしたんだい」

「あのね、早く字を覚えられますようにとお願いしたの」

「そうかい」

「お店の薬は、むずかしい字で書いてあるの、それで」と言った。

お光も気が付かなかったけれど、毎日が新しい事を知って、知恵がついているのだと思った。

「おっかさんは、字は読めないし書けないけれど、これからは大事な事だから勉強しな」

「はい」

「それじゃ、寝ようか」

二日は、店は初売りや仕事始めで忙しい日が始まった。そして七日正月も過ぎた翌日、「ごめんください」と言って香林堂の前衛門が訪ねて来た。

「これはこれは御主人様、おめでとうございます」

「おめでとうございます」

「娘がお世話になっております」とお光が言うと、

「おみよさんも一生懸命やっております。この頃では、字を教えて下さいと申しておりますので、少しずつ手ならいを始めています」

「ご迷惑かと思いますが、よろしくお願いします」

「ところで」と前衛門がこう言った。

「今日伺ったのは、いつぞや、おかみさんがお見えになった時にお話ししました事ですが、半年も過ぎましたので、いかがでしょうか。私の所では、おみよさんに正式に店に入っていただきたいのですが。その事で、親御さんのご返事を伺いにまいりました」

「そうでしたか」

お光も、「おみよも喜んで、お店に行くのが楽しみのようです。それで私は、おみよさえよければ、お願いしたいのですが」

「そうですか。おみよさんも働きたいと」

「そうですか。よろしくお願い致します」

「それと、正式に店に入るとなると、今は通ってもらっていますが、住込みとなりますが、それでも」

「はい。それは皆さんといっしょでないとということもあります」

「おみよさんにも話をしました」

「そうですか」

「それでは、今後共よろしくお願いします」と言って帰って行った。

その日は今までと同じ時間に帰って来た。

「おっかさん、ただいま」

「今日はなんで帰って来たんだい」

「着替えがいるので、それで」

「そうだね。寒いからこの間買った厚手の着物と肌着と手ぬぐい、後、このクシは朝必ず髪を整えるんだよ。ふろしきにくるんだから、持って行きな」

「はい」

「後は、藪入りに帰って来た時に、足りない物を買いに行こうね」

おみよも、もうしっかり働くことに子供なりに自覚が出来てきたのかと思った。こうやっている間に大人になっていくのだろう。翌朝も元気よく出て行った。

「おっかさん、今日から帰らないからね。後は藪入りに帰って来るね。行ってきます」と出て行った。

どこの家も、こうやって子供はいつかは親離れし大人になっていくのだと、そんな事を思いながら、

「お光さん、いるかね」京香だった。

「はーい、いますよ」

「おめでとう」

「おめでとう。これお年賀ね」

「ご丁寧にすまないね」

「このところご無沙汰だったでしょう。私の弟の昭吉が来て、今度所帯を持つので、嫁さんといっしょに来たんだよ。小間物屋を荒川村の方でやっていて、馬喰町まで仕入に来たのでついでに寄って、この界隈を嫁さんを連れて行きたいというので、二日ほど旅籠に泊まらせて帰って行ったもんだから、来れなかったんだよ。男も嫁さんをもらうと、少しは大人になるもんだと思ったよ」

「家《うち》も、おみよが今日から住込みになって正式に働きだしたよ」

「どんどん変わっていくね」

「こうやってまた一人になるんだね。それで藪入りに帰って来るんだって」

「そう。じきに嫁に行くんじゃないかい」

「そうかねえ。私もずいぶん変わったさ。世間の女の人と同じように掃除、家事、洗濯と、あの子がいない前は考えた事もないよ。そして気が付けば大年増」

「そうだね」と笑いながら「また来るね」と帰って行った。

お光も働きながら、今までいたおみよがいないと狭い部屋も何かがらんとして、静かで淋しさを感じた。それからも時折、おみよの事が気がかりで、店の近くにそっと見に行こうと思って、はっと思ったことも。

藪入りには帰って来る。いつもより早起きして、ご飯もおみよの好きな煮付け、小魚を用意していた。一時《いっとき》も過ぎた頃、「おっかさん、ただいま」と言って帰って来た。

「おかえり」

「ずいぶん長い間会ってない気がするね」

「元気でやっているかい。慣れない所で、心配していたよ」

「だいじょうぶだったよ」

「背も高くなったようだね」

「そうだね。おっかさん、淋しくなかった」

「そりゃあ、今まで二人が一人になったんだもの」

「私も目が覚めると、となりにおっかさんじゃなく店の人だし、おっかさんの事、時々想い出していたよ」

「そうかい。今日はゆっくりしていくのかい」

「それが、お店のおさきさんが、買物があるので付き合わされたの。私も買物があるの。それに初めてお給金もらったの。それで、明日また来るね」と言って出て行った。

お光も、せっかく帰って来たのにゆっくりしていってもと思いながら、明日来るのかと思うと、おみよの帰って来るのが待ち遠しい。翌朝も、お光も何をやっているのかと思いながら、

「おっかさん、ただいま」

「おかえり。何か食べたい物あるかい」

「特にないよ」

「それじゃ、近くにそば屋が出来たんだよ。食べに行ってみよう」

「おそば、食べてみたい。私、おそば食べた事ないと思う」

「そうだったかい」

「それでおっかさん、店でお給金いただいたの。それでこれしか買えなかったんだけど、おっかさんに買ってきたの、見て」と言って紙でくるんだ物を渡された。

「何だい」開けてみると、前掛けだった。「どう」と言われて、それを見てお光は涙がこぼれてきた。

「おみよの大切なお給金を、悪かったね」

「気に入ってくれた」

「気に入ったよ。ありがとうね」

いつの間にかこんな事をしてくれるようになったんだと思うと、また涙が出てきた。さっそく付けてみると、

「これがあると何かと使えるね」

「私も店ではしているの。それでと思ったの」

「ありがとう。大事に使うからね。そろそろ昼、これからそば屋に行こう」

店に入ると、昼時のせいか混んでいた。

「おそば、二つ下さい」

「天ぷら、付けますか」

「え、ええ」とは言ったが、そばに天ぷらは初めてだった。どんぶりのそばの上に野菜の揚げた物がのってあり、つゆを少し飲んで、そばをすすって天ぷらを食べると、

「おみよ、これおいしいよ」

おみよも「本当だねえ！　また来ようね。今度は次の藪入りだね」などと言いながら、長屋に戻ると、

「お茶入れるね。これ、おみよが好きだったよね」

「何」

「おはぎ」

「うわぁ、私大好き」

「おみよが来ると思って買っといたんだよ」

「そう。おっかさん、ありがとう」

「おいしい」

おみよも涙ぐんで「おいしい」

「そうかい。よかった」

お光も、廓の中にしろ飯屋にいた頃も、もらったお金も気ままに使っていたが、それが今は、下働きの給金はわずかなせいという事もあるが、つつましくして、おみよが帰って来るたびに、何か好きな物を用意しておこうと考える事も楽しみだった。

「おっかさん、ありがとう」

「私はおみよが喜んでくれるのがうれしいよ」目頭が熱くなってきた。

「おみよ、仕事でつらい事はないかい」

「ないよ。皆いい人」

「よかったね」

お光もそれを聞いてほっとした。

「今ね、言葉を教えてもらっているの。今はまだ『いろは』からだけど、早く漢字を勉強したいの。だって、薬に書いてあるのはほとんど漢字なんだよ」

お光もおみよの顔を見て、大人になって、いつかはおみよに教えてもらうようになるのかと思いながら、おみよの成長が楽しみだった。

次の年の元日後の藪入りも過ぎた朝、お光が起きようとした時に、入口の戸を叩く音、そして「おっかさん」。お光も「まさか、今ごろおみよかい」。あわてて戸を開けると、おみよがいた。戸を閉めて「どうしたんだい」と聞くと、おみよが泣きそうな顔をして「おっかさん」と言って、着物の前を分けて手を入れて、手ぬぐいを出した。切れはしに血がついていた。お光もびっくりした。

「この事で帰って来たのかい」

「店には体の具合が悪いので、母親の所へ行って来ますと言って出て来たの」

「そうだったのかい。おみよ、これは病気じゃないんだよ。大人の女の人は皆、月に一度は有る事なんだよ。心配いらないよ。そして、これからは手ぬぐいをいくつかに切ったのを持って、その切った物をそこにあてて、男の人のフンドシで、わかるよね、それで手ぬぐいを押さえておくんだよ。そうすれば落ちないからね。わかったかい」

おみよはうなずいた。

「もう少したったら、大人になってからの事を話すからね。大切な事なんだよ」と言って聞かせた。

「はい」

「具合が悪いと言って出て来たんだよね。心配しているだろうからね。それじゃあ、おっかさんもお店にいっしょに行って、旦那様にお話に行くよ」

店に着くと、番頭の伊助が、「おみよさん、だいじょうぶかい」と心配そうな顔をして出て来た。

お光が「御主人様、いらっしゃいますか」と聞くと、「少々お待ち下さい」奥から主人の前門がやって来た。

「おみよさんが具合が悪いと帰ったと聞きました。心配しました。いかがですか」

お光が「話したい事が有りまして、私も一緒にまいりました」

「それじゃ、どうぞ」と奥に通されて、

「実はおみよが、初めての月の物というか『お馬』さんの事で、びっくりして私の所へ来たわけです。一応その事についての対処を教えて、店の御主人様にもお耳に入れておいたほうがいいかと思いまして、私が付いてきたわけです」

「そうでしたか、それはそれは。私もその事を知っておいたほうがいいと思います。それで、今日はどうなんです」と前衛門が聞くと、お光が、

「おみよ、今どうなんだい」と尋ねると、

「だいじょうぶです」

「じゃ、これから店に出られるね」

「はい」

「という事ですので。お騒がせしました。私はこれで失礼いたします」

「はい、わかりました」と店を出た。

お光は勤め先の井筒屋に向かった。おみよもとうとう大人になったか。これもお祝い。私はしてもらった事がないが、今日は帰りにあずきともち米とお頭付きでも買って御赤飯を作ろう。何とか作って、翌朝早めに起きて京香の所へ行った。京香はまだ起きていないかなと思いながら、

「おはよう、京香さん」

「はーい」と声がして戸が開いた。

「あら、早いね。どうしたの、何かあったのかい」

「早くてごめんね。いや、おみよが昨日の朝早く帰って来て、何かと思ったら『お馬さん』になったんだよ」

「えっ、そうかい。もうそんな年になったんだ」

「それで、形ばかりだけど、店に行く前に京香さんにお知らせかたがた、これ気持ちの祝いの品を作ったんだよ」

「それは、おめでとうだね」

「ありがとう。京香さんにもずいぶんお世話になって、大人になったなあと思って」

「あんたもよく頑張ったよ。しかし、人の生きるって事は何があるかわからないね。お光さん、これから仕事かい」

「そう、行くところ」

「それじゃ、ごちそう様。ありがとね」

京香に赤飯を渡し、店に向かった。

仕事帰りにお酒を買って、夕飯前に、くめ蔵、お島の位牌にお酒を上げて、自分にもお酒をついだ。くめ蔵さん、お島さん、いいお知らせだよ。おみよがお馬になった事を報告しようと思っての御神酒だよ。おみよも大人。じきに嫁さん。私もどうなるかと思いながら今日まできたけど、おみよもいい子になったよ。私の事も心配してくれて。店では今、字を習っているよ。いつか私から離れていくかと思うと何か淋しいけど、いろいろあった一つのくぎりかね。お祝いのお酒を三人で祝ってあげよう。では、おみよ、おめでとう。

お光も迷ったり悩んだり、苦しかった事も有ったが、今は喜びに変わる想い出になっていた。さあ、明日も頑張ろうと思った。

翌年の藪入りにおみよが、「おっかさん、ただいま」と言って帰って来た。おみよの顔を見て、女らしく、きれいになったと思った。

「おっかさん、変わりなかった。何か悪いところがあったら言ってね。店の薬の事も大分わかってきて、店に言えばわけてもらえるからね」

「今のところはだいじょうぶだよ」

「おっかさん、今日どこかへお参りにでも行く、それとも、どこか他へでも行ってみる」

お光も、今じゃ私の事を心配して気遣ってくれる。しっかりしてきたと思った。

「久し振りに浅草寺様へでも行って、どこかでおいしい物でも食べる」

「そうだね」

「私もここに泊まって、明日は旦那様と店の奉公人達と神田明神様にお参りに行く事になっているの」

「そうかい。時々は店の人達と出かけるのかい」

「そうだね。声をかけてくれた時には行っているよ。そう言えば、京香おばさんは元気なの。このところ会ってないけど」

「京香は相変わらず元気で頑張っているよ。たまに会いに来るけど。今度京香に会った時、あんたが会いたがっていたと言っておくよ」

おみよも、店の事、人付き合いで忙しくなり、私と会うこともできなくなるのと思いながら、それが翌年の藪入りに、いつもより笑顔がなく帰って来た。

「おっかさん、話があるんだけど」とおみよが言った。

「何だい」

「あのお……」と言って少し黙って、「実は、店の息子の好太郎さんに、明日いっしょに七福神参りに行こうと誘われたんだけど、私もおっかさんに相談してくると言って出て来たの」

「ところで、その好太郎さんて、いくつなんだい」

「二十二だと思う」

「そうかい。それでおみよはその好太郎さんの事はどう思っているんだい」と言われて、

「そう言われても、店の事もいっしょうけんめいしているし、仕事の事では教えてもらったり、いろいろ手伝っている、というところかな」とおみよは言った。

「そうだね。おみよももう年頃になった。好きと嫌いはまだないだろうが、気持ち的にいっしょに行きたくない人だったら、用事があるとお断りした方がいいと思うけど。こんな事を言っては何だけど、男の人はその人に気持ちがあるから誘うのだから、中途半端な返事はしない方がいいよ。言って差し障りのない断り方をした方がいいよ」と言うと、おみよも考えているのか黙っている。

「そうかい。そんな事を言われるようになったんだねえ。これからもあるかと思うから、自分の気持をはっきりしないと、男の人はまだ気持ちがあると思うからね」とお光が言うと、おみよは迷っているのか、おみよがこんな顔をするのは初めてだった。年頃になった娘の悩み、迷いは、そろそろ色恋なのかと。女にとってはこれからは人生とか運命を左右する。まあ、おみよにしてみれば大事で、こまった事を決めかねているのだと「うーん」と言って黙っている。決めかねて

いるという事は、おみよにも気持ちはあるという事なのだと思った。

「どこかでおいしい物、食べに行くかい」

急に明るくなって、「そうだね」

「そうだ、いつかのそば屋はどうだい」

「私も久し振りに食べたい」

「じゃあ行こう」と言って、そば屋に行って「天ぷら入りのそば二つ」と注文するとじきに持って来た。

「天ぷらが入るとよりおいしいね」

「昨年に店で年越そばを食べたけど、こんな事を言ってはなんだけど、違うなあ」と食べながら「おっかさんと食べる時が一番おいしいし、店で食べるのはゆっくりも食べていられないし、味も違うなあ」と。

そして長屋に戻ると、

「おっかさん。私、好太郎さんとお参りに行ってくる」とはっきり言った。お光も「おみよの気持ちのままに決めなくてはならない事がある。大切な事はおっかさんに相談しておくれ」と言うと、「おっかさんに相談してよかった」とうれしそうな顔をした。

明日は好太郎といっしょに行くには行くのだろうが、何という事でないが心配だった。

「お光さん、いるかい」と京香が「おめでとう」と言って入ってきた。

「おめでとう。今年もよろしく」

「こちらこそ。もしかすると、おみよちゃんが帰って来て、いっしょにどこかへ出かけたかと思ってさ」

「いや、来たには来たんだけど。それがさ、店の息子に明日、七福神参りに誘われたと言って、私に相談したい事があるって来たんだよ」

「へえ、もうそんな年になったんだね」

「それで、おみよも迷っているんだよ。それで、自分で気持ちがないんなら、差し障りのないように断る。どちらでもではだめだよ。自分で決めなって言ったんだよ。おみよもまんざらでもないから迷っていて、考え込んでいたから、さっきおそばでも食べようと言って帰って来たら、決まったらしく私行ってくると言ったんだよ」

「へえ。息子も気があるから誘ったんだろうし、おみよちゃんもねえ。これからお光さん、楽しみのような、心配だね。そんな色恋もお光さん、なつかしいね。私達は好きも嫌いもないで男を知っちゃった。まったく、人によっちゃ人生いろいろだね」

京香が、「あの廓の中にいても、待ちこがれた男はいたんだよ。私は金づるだよ。だけど、所詮は金の切れ目だねえ。今は男ぶりも情もだけど、お金もだねえ」

「そうだね」と大笑いした。

「じゃあ、次の藪入りに帰って来る時にはどんな事になっているかね。こればかりは何ともだねえ。じゃ、またね」と言って帰って行った。

そして夏が終って、お光が勤め先から帰る途中、急に胸をつき上げるような痛さが走った。思わず道にしゃがみ込んで、大きな息をしながら、どうしたんだろう。少しおさまったので家に帰って横になった。どうしたんだろう。夏の疲れでも出たのかと、一晩寝たら落ち着いたので、やはり疲れだったのか、それからは何事もなく過ぎた。

そして十二月に入って寒い日に、仕事が終って買物の途中で、またいつかのように胸がさし込み、息苦しさが走った。買物しながら周りの人が心配して声をかけてくれるが、うずくまっているると「だいじょうぶかい」と人が寄って来て、

「お医者に連れて行った方がいいね。この人は信衛長屋のお光さんと言っていた。源安先生の所へ連れて行ってあげてくれないかい」

何とか医者に連れて行ってもらって診てもらうと、医者が脈を測り、「心の臓が弱っています。この薬を飲んで少し休んで、療養した方がいいですね」と言われた。

「はい」と言いながら、薬のおかげか痛みはとれたが、朝起きても力が入らない。今までのような動きが出来ない。今日はとりあえず店に出て休ませてもらえないか、頼んでみよう。店の番頭さんに、事情で後二、三日休むかもしれないと言って帰って来た。

横になっているところに、京香が「お光さん、いるのかい」と言って戸を開けたが、うとうとしていたので返事ができずにいると、京香が「蔵前に用事があるのでのぞいてみたの」。お光の顔を見ると「お光さん、どうしたのさ」

「あ、京香さん」

「顔が真っ白だよ」

お光も力なく、「ごめんね。今店に行って二、三日休むと言って来たところなんだよ」

「それより、お医者さんに行ったのかい」

「昨日行って来たんだよ。それで心の臓が弱ってると言われた。この薬を飲んで療養しなさいって言われたよ」

「そうかい」

「一日《いちにち》、二日《ふつか》、休んだら少しは良くなると思うんだけど」

「そんな事より、どうしたらいいかなあ。おみよちゃんに知らせた方がいいかねぇ」

「京香さん、まだ言わないで」

「そう言えば、藪入りには来たのかい」

「少し顔を出して、用事があるとかですぐに帰って行った」

「それで、例の息子の話の方はどうなんだい」

「聞けずじまいで帰って行った」

「そうかい」

「少しは楽になったから、もう少し様子を見て考えるよ」

「それにしても、皆よく働いたよねえ。お店の方へは、私がしばらく休ませてほしいと言ってくる。お光さん、無理すると倒れたら起き上がれないよ」

「すまないね」

「今日食べる物はあるのかい」

「昼の残りもあるから、今日はだいじょうぶ」

「薬飲んで、休んでいて。明日また来るからね」

翌朝も、京香が「お光さん」と言って入って来た。

「どうだい」

「昨日よりはいいようだよ」

「しばらくゆっくりした方がいいよ」

「そうだね」

「店にはそう言って来たよ」

「すまないね。まさか私が心の臓が悪いなんてね。鬼の霍乱なんて言っていられないね。こんなになるなんて、情けないよ」

「神様が休めと言う事だよ」

力なく笑った。

「これさ、昼と夜の分、作ったから食べて」

「京香さんにはいつも世話になる事ばっかりで、わるいね」

「何を言ってるの。私だっていつどうなるかわからないんだから。それじゃあねえ」

お光も廓で共に働いたという事で、こんなにもしてくれる。涙が出て来た。翌日も京香は来てくれた。

「京香さん、大分良くなったよ。食事は自分で作るので、だいじょうぶだよ。京香さんも忙しいのに、すまなかったね」

「じゃあ、何日かしたら寄ってみるよ」

「ありがとうね」

お光も年なのか、いつの間にか人に世話になり、無理の出来ない体になったんだと、気が付けば娘は年頃。お嫁に行くまでは頑張らないといと思うのだった。

お光も休んだせいか、日に日に良くなっていった。京香も何日かして来てくれた。

「大分元気になったみたいだね。お光さん、無理はしないでね」

暮れの大晦日に、京香がおせちにお餅を持って来てくれた。

「京香さんには今年は世話になる事ばかりだった。ありがとうね。来年はお互いいい年にしようね」「そうだね」と言って帰って行った。

年が明けて二日に、京香が来てくれた。

「おめでとう。どうだい」

「おめでとう。これだけ休んだからね」

「顔色も良くなったし、良かった。私もこれから行く所があるんで、そのうちにまた来るね」と言って帰って行った。

京香はその足で、おみよが働いている店に向かった。

「こちらに、おみよさんという娘さんが働いていると思うのですが……」

「はい、おります」と言い奥に行って、しばらくするとおみよが出て来た。

「あら、おばさん、めずらしい。どうしたんですか。それより、おめでとうございます。いつもおっかさんがお世話になっております」

「今、少し時間取れるかい」

「はい。奥に言って来ます」

「おみよちゃん、藪入りには帰るよね」

「ええ、帰ります」

「昨年の七月の時には顔を出しただけとおっかさんが言っていたけど」

「あの時にはいろいろ用事がありまして。実は、おばさんにだけは話しますが、この店の好太郎さんにお嫁に来てほしいと言われたんですが、私もまだ若いし、おっかさんの事もあるし。でも好太郎さんも、私がいいと言ってくれたら二人で親御さんの所に行きたいと。そんな事で帰れなかったんです」

「そうだったの」

「私が帰らなかったんで心配して、おばさんに聞いてほしいと言ったんですか」

「それで、おみよちゃんは好太郎さんと所帯を持っていいと思っているのかい」

「はい」と言って、「持ちたいと思っています。もう少しはっきりしたら、おっかさんに話そうと思っていました」

「気持ちは決まっていたんだね」

「はい」

「それなら言うけど、実はおっかさんは心の臓が悪くてね。おっかさんにはないしょにしておいてと言われたんだけれど、この事を知らせておいたほうがいいと思って」

おみよも、思ってもいない事を聞かされてびっくりした。

「おっかさんの具合が良くないんですか」

「今は店の方も休んだので少し良くはなったけど。気を付けないとまた悪くなるとお医者様も言っていた」

「そうだったんですか。どうしたらいいのか。私が嫁に行くなんて、そんな事言っていられない。おっかさんの事、どうしたらいいのか」

「おみよちゃん。おっかさんはね、あんたが幸せになってほしいと。それが、あんたの実の母親のお島さんに頼まれた事なんだよ。その事だけに生きてきたんだよ。長話はできないが、藪入りには家に帰ってほしいんだよ。あんたが香林堂さんに行って一人になって、今はあんたが帰って顔を見せてあげるのが何よりの楽しみなんだよ」

おみよは涙が止まらなかった。「おっかさん、ごめんなさい」

「おみよちゃん、私からもお願いね」

泣きながら「はい」と返事を聞くと、京香は帰って行った。

おみよは涙をこらえながら戻ると好太郎が気づき、

「おみよさん、どうしたんだい」

「おっかさんが心の臓が悪いから、藪入りには帰ってほしいとおばさんに言われたの」

「そうだったのかい。とにかく、藪入りには帰るようにしないとね。おみよさん、その時に私もお見舞いかたがた、いっしょに連れて行っておくれ。所帯の話は、おみよさんが気持ちが落ち着くまで待っているからね」

おみよは「はい」と言って泣きくずれた。


藪入りの当日は好太郎と二人でお光の家へ行き、「おっかさん、ただいま」と元気よく言った。

「おみよかい」

「はい」

おっかさんの声がいつもより元気がない。

「おっかさん、明けましておめでとうございます」

「おめでとう。よく来てくれたね。お店は忙しかったのだろうね」

「ここにきて一段落だよ。おっかさんはどうだった」と聞くと、

「いつもと変わらないよ」

「少し痩せたんじゃない」

「そうかい」

「それより、今日はおっかさんに紹介したい人がいるの」

「誰だい」

「お店の若だんさんの好太郎さんが外で待っているの」

「そうだったのかい。入ってもらいなさい」

「若旦那、どうぞ、中へ」

「私は香林堂の息子で、好太郎と申します。よろしくお願いします」

「お光です。娘がお世話になっております」

「おみよさんも大分仕事が出来るようになって、私共も助かっております。おみよさんが、ご実家へ帰ると言うので、一度ごあいさつをとお伺いしました」

「それはそれは、狭苦しい所へようこそ」

「おみよさん、お母様も一年ぶりで積もるお話しもあるでしょう、お邪魔になってはいけませんし、私はこれから用事もございますのでご挨拶だけで、失礼いたします」

「何もおかまいもしませんで、すみません」

「では」と言って出て行った。

「おみよ、ずいぶん会ってないような気がして」

「そんな事ないよ。お盆の藪入りの時はごめんね」

「あんたが忙しいのは、お店で仕事のためだと思えば何でもないよ。あの好太郎さん、いい息子さんだね。私も好太郎さんが訪ねてくれただけでもうれしいよ。ああいう人が私の息子になってくれたらいいなあ、なんて見ていたんだよ。でもなんたって香林堂の若旦那じゃねえ……」

おみよも、よほど好太郎さんにお嫁にほしいと請われていると言おうと思ったが、やめておいた。

「おっかさんと食べようと買ってきたの。私がお雑煮作ってみるね。店のおかみさんに教えてもらったの。まだおいしいかわからないけれど」

　お光もおみよの台所で立ち働いているのを見て、たのもしくなった。いつの間にかきれいにもなったと思いながら。

「おっかさん、どうかな。食べてみて」

「おいしいよ。よく覚えたね」知らないうちに、おみよもお嫁に行けると思いながら、

「ごちそうさま」

「私も香林堂に行って五年になるよ」

「そんなになるかね。そうだね、後はお嫁さんだね」

と言った時に、おみよが涙をこぼしながら、

「おっかさん、実の娘でもないのに女手一つで育ててくれたと思うと、何とお礼を言ったら……」

「そんな事ないよ、私の娘だよ。おみよのためなら、どんな事でも苦じゃないよ」

「おっかさん」と抱きついた。

「おみよ、今日どうするんだい」

「今日は泊まっていくよ」

「そうかい」

「夜は、料理はいくつも出来ないけど、私が作るからね」

「それは楽しみだ。今日は本当にうれしいよ」

「おっかさん、長生きしてね」

「そうだね」

「私はおみよの花嫁姿を見たいねえ」

「おっかさん、その前に相手を見つけなくちゃあ」

「早くしておくれ。私は待っているんだよ」

「そうだねえ。おっかさん、夕飯はしゃけときんとんは買って来たけれど、おみおつけは、買ってあるお味噌で作ったのでいいね」

「いいよ。おみよの作ってくれるものなら……」

「お待たせしました。はい、ご飯、おみおつけ。食べてみて」

さっそく口をつけて「いい味だよ」

「おっかさんに言われるとうれしい。だっておっかさんしか言ってくれないもの」と言って笑った。

「皆、おいしいよ」

「二人で食べるからだね」

「ごめんね。でもたまにはこうやっていっしょに食べられるんだもん、私は幸せだよ。さあ、今夜はいっしょに寝るかい」

「うん。久し振りだねえ、おっかさん」と言ってお光の胸に顔をうずめた。

翌朝は、「おっかさん、ちょっと買物に行くから、その時についでに何か食べ物も買ってくる

よ」と言って出て行った。昼過ぎ頃、

「ただいま。お昼はまぜご飯を買ってきたよ」

「そうかい。私がお茶いれるからね」

「それと、これおっかさんに着てもらおうと買ってきたの。まだ寒いから綿入りのはんてん。暖かいよ。うちにいる時もちょっと出かける時も着られるって。着てみて」

袖を通して、

「これは暖かいね。寒い時には手放せないね。ありがとうね」

「明日なんだけど、朝ご飯が終ったら、京香おばさんの所に年始のあいさつに行ってこようかと思うんだけど。私は一度も行ったことないし」

「そうだね。私も京香の所はずいぶん行っていない。行ってくれるかい。よろしく言ってね」

「はい」と言って、朝食の後、京香の家に向かった。京香が店に訪ねて来てくれた後、おっかさんにも会えた。後は相談したい事があった。

「ごめんください」と言うと、「はい」と返事があった。

「おみよです」

戸が開いて、「あら、おみよちゃん。よく来てくれたわね。まあ上がって」

「おばさん、おめでとうございます。これ、遅いですがお年賀です」

「おめでとう。何かすまないね」

「おばさんにはおっかさんの事、お世話になっています」

「私もあんたのおっかさんとは唯一何でも話ができる相手、気心がしれた人だからね」

「それで、おばさんに話を聞いてもらいたいと思って。実は好太郎さんに話したら、藪入りに私もいっしょに行きたいと言うので、いっしょに行ってあいさつだけをして、すぐに帰ったんですけど、私もお嫁に行く事の話はしなかったんです。おっかさんがすっかり痩せてしまって元気がなかったので……」

「そうだね。もう働くのは無理かもしれない。おっかさんは続けるつもりでいるけれど」

「それでおばさん。私がお嫁に行く事でどうしたらいいかと迷っているんだけど」と聞かれて、京香がこう言った。

「おみよちゃん。私はお光さんも少しは元気になったといえ、先の事はわからない。それならお光さんも望んでいたのは、おみよさんをお嫁に出すという事だと思うの。そして、好太郎さんに話をして、先方の御両親にお光さんの事情も話した上で、それでもいっしょになる事を認めてくれるのなら、話を進めた方がいいんじゃないかね」

「昨夜泊まって来たんですけど、おっかさんもお嫁に行く相手を探して、花嫁姿を見たいって言っていました」

「お光さんは、それが何よりの願い事だと思うよ」

「はい、わかりました。店に帰って、今話した事を好太郎さんに話します。おばさん、これから何かと相談に来るかと思いますので、おっかさん共々よろしくお願いします」

「私の出来る事なら、何でも言ってちょうだい。私もあんたの事は娘だと思っているから。私も楽しみでうれしいよ。それにしても、おみよちゃんもきれいになったね。私も花嫁姿、楽しみだよ」

「おばさん、これからもよろしくお願いします。それじゃ」と言って店に戻ると、おみよもいつもと違う心配事もあるが、忙しいうれしさが始まると思った。さっそく、

「好太郎さん、昨日はありがとうございました。母も好太郎さんが来てくれたと言って喜んでいました。それで」とおみよはこう言った。

「母が懇意にしているおばさんの所に行って相談をしたところ、出来るなら早くした方がいいと。その前に、店の息子さんに母親の今の事を話してから、それでもいいとおっしゃるなら、そして、好太郎さんが御両親に今までのいきさつを話し、それで私に会っていただけるなら、その時は旦那様と女将さんにお会いして、お話をおうかがいしたいと思います。いかがでしょうか」

好太郎も、「わかりました。私も両親に話をします。それからという事にしましょう」

「はい、お願いします」

それから三日後に、

「おみよさん、仕事の手のすいた時に私のところに来て下さい」

「はい」と言って、好太郎が、

「先日の話を両親に話したところ、父親が、『私達には異存はない。好太郎がその気なら喜んでおみよに来てもらいます。おみよを、お光さんもわけがあって今日まで育てたしっかりした方です。さぞや大変だった事でしょう。お光さんの体の事もあるし、早い方がいいですね』と言って

くれました」

　それを聞いて、おみよは涙がこぼれてきた。

「私みたいな者に……何と言っていいやら、うれしいです」

「さっそく二人で両親の所へ行きましょう。都合を聞いて来ます」

　しばらくすると好太郎が戻って来て、

「明日の夜にという事にしました」

「はい、わかりました。私は店の方に失礼します」

　おみよも思ってもみない事に、気持ちを落ち着かせようと、仕事をしても気持ちの昂ぶりは初めてだった。

　当日の夜、好太郎が、

「じゃあ、行きますよ」

「はい」

「おとっつぁん、おっかさん。入ります」

「はい、入っておくれ。おみよもどうぞ」

「失礼いたします」

　好太郎が、「先日の話ですが、おみよさんに話をしましたところ、喜んでもらいました」

　おみよも、「このたびは、私みたいな者に身に余るお話をいただきまして、ありがとうございます。よろしくお願いいたします」

前衛門が、「おみよさんのお母様には、私も何度かお目にかかって知っています。さぞや大変な思いをして育ててくれた事でしょう。お光さんの体の事もあります。私達も都合つけてお話を進めたいと思います」

それを聞いておみよは、涙がこぼれた。

「おみよさんも子供ながらに大変だった事でしょう。私共の店に来て、一生懸命働いている事は知っています。これからもお願いしますよ」

涙ながらに「はい」と言った。

好太郎が、「おみよさん、近いうちに親御さんの所に二人で行きましょう」と言われて、おみよは夢でも見ているのではないか、こんな事があるのだ。私もうれしいが、おっかさんが聞いたらどれだけ喜んでくれるだろうと思うのだった。

それから婚礼の話も進み、四月の日のいい時にと決まった。それを聞いて好太郎が、

「おみよさん、お母様の所に、明日にでも報告に行きましょう」

「はい」

当日は、女将さんから、「私がここに嫁いだ時の着物です。これを着て、親御さんの所へ行ってくださいな」

おみよもびっくりした。

「よろしいんでしょうか」

「前から決めていました。いってらっしゃい」

「ありがとうございます」

その着物を着て、おっかさんの家へ。

「おっかさん」

「はい。おみよかい」

「はい」戸が開いて、おみよの着物姿をお光が見て、「おみよ……」と言って言葉が続かない。

「どうしたんだい。何があったんだい。好太郎さん、お入りになって」

「好太郎です。いつぞやは失礼しました」

「片づいていなく、きたない所ですがどうぞ。それで、おみよ、どういう事なんだい」

「それが」と言ったおみよが好太郎の顔を見た。好太郎が、

「実は今日伺ったのは、おみよさんをいただきたいということでお伺いしました」

お光はびっくりした。

「おみよをですか」

「はい。親御様にもぜひ御承諾いただきたいのですが」

お光もしばらく黙ってから、おみよの顔を見て、

「はい。私には何の異存もありません。ふつつかな娘ではございますが、よろしくお願いします」

おみよは涙をこぼしながら、「おっかさん、ありがとう」

「おみよ、良かったね。こんな事あるんだね」お光も泣いていた。

好太郎が、「それで、四月の吉日に婚礼になります。いずれ私の両親もごあいさつに伺います」

お光が、「はあ」と溜息まじりに目頭を押さえて、「はい、よろしくお願いします」

お光もおみよの着物を見て、ほれぼれする姿に、お島に頼まれておみよの手を引いて江戸に向かった事を思い出した。あの痩せほそって、たよりなさそうな子がと思うと、今はどこへ出しても見劣りしない娘となったたと思った。

そんな後で、お光も体の具合もいいので京香の家へ行くことにした。一番先に知らせたかった。

「ごめんなさい。京香さん、いるかね」

「はーい。あら、お光さん。よく来てくれたね」

「調子がいいので、京香さんに知らせたい事があったのでね。これは、私の内祝いのおしるし」

「あら、何があったの」

「実は、おみよとお店《たな》の息子の好太郎さんと四月に婚礼が決まったんだよ」

「え、本当。いや私もびっくりだね。よくもこんなに早く、それも若旦那と。それはそれはおめでとうございます。よかったね、お光さん。これであんたの苦労もむくわれたという事だね」

「今は何が苦労だったか……、私もうれしい。これで心残りがない」

「何を言ってるのさ。これから婚礼、次は孫だよ」

二人は思わず涙をこぼしながら笑った。

「実はね、おみよさんが藪入りの時に来て、その時に好太郎さんから嫁に来てくれないかと言われて相談しに来たんだよ」

「そうだったの」

「それで、若旦那にあんたの事も話して、それでも若旦那がいいと言ってくれるのならと言ったんだよ。おみよさんも、好きだったんだね。でもお光さんの事もあるし、どうしたらいいかと相談された。後は、若旦那が親御さんに話して、いいと言うならいいんじゃないと言ったんだよ。その後はわからないが、そうだったの、こんなに早く。お光さん、よかったね」

「京香さんのおかげだよ。娘の事までも、お礼の言葉もないよ」

「おみよちゃんに言ったんだよ。私だってあんたの事を娘だと思っていると」

「京香さんには、あの子が小さい時からさんざん世話になったからねえ。私も元気にならなくちゃねえ」

「そうだよ。これから忙しくなるね」

「京香さん、おみよの婚礼の時は出てもらえるよね」

「そりゃ、喜んで出させてもらうよ」

「何か肩の荷がおりたよ」

「これからだよ」

「そうだね。今日はその報告に来たの。日にちが決まったら、またおじゃまするね」

「待っているからね」

「じゃあ」と帰って来た。

お光もそれからは、婚礼に来て行く着物も買わなくては、誰が来るかわからないから、こざっぱりとした着物をなどと思いめぐらすも、何て楽しい事だろうと思っていると、おみよが突然来

て、

「おっかさん」

「どうしたんだい。心配したよ」

「いえね、おっかさんと好太郎さんの御両親とで、顔合わせという事で席を設けるとおっしゃってくれたので、明後日七つに私が迎えに来るからね」

「私は、そんな気取った所は苦手だよ」

「私だって初めてだよ」

「そうかね。七つだね」

何か気ぜわしくなってきたと思いながら、当日は七つ少し前におみよが迎えに来た。

「おっかさん、仕度はいいみたいだね」

「この着物でいいかね」

「だいじょうぶだよ」

「おみよ、それにしても孫にも衣裳というけれど、よく似合うね」

「好太郎さんのお母様に、これを着て行きなさいって」

「それじゃ、行こうか」

場所は、大川沿いの料亭「ますご屋」。案内されると、前衛門親子が席についていた。

「お光さんも、どうぞこちらに。今日はお出かけ下さいましてありがとうございました」

「こちらこそ、お招きにあずかりましてありがとうございます」

「形どおりですが、家内のお政、そして好太郎、よろしくお願いします」

おみよが、「私の母のお光です。よろしくお願いします」

「それで、婚礼は四月十日という事で、私の親せき筋十人ほどです。おみよさんは」

「はい。私と母と知り合いのおばと三人です」

「そして、私共も店をやっていますので、取引先、知り合いは後日やらなくてはなりません。それには新郎新婦だけ出席します。こんな予定となっております」

お光も、「はい。よろしくお願いします」

「何もありませんが、ここの料理がおいしいので、めし上がってください」

お光も、「田舎者で何もわかりません。ご迷惑かけるかと思います。よろしくお願いします」

お光も緊張したせいか、何を食べたかわからないうちにお開きになった。前衛門が、

「好太郎、おみよさんとお光さんを送りなさい」

「はい。では御母様、行きましょう」

「では。ごちそう様でした。失礼します。好太郎さん、すみませんね」

「いいえ」

「おっかさん、料理もおいしかったね。あまり食べた事のない料理が出てきたよ」

笑いながら、この人が私の息子になるんだと。そして娘に送られるなんて、こんな幸せがあるんだと思った。家に着いて、好太郎に、

「ありがとうございました。おやすみなさい」と礼を言うと、好太郎は帰って行った。

まだ信じられない思いだった。廓上がりの私が、娘の夫になる人に送ってもらうなんて。廓の中の世界もその後もいろいろあったが、私は幸せ者だと思った。後は、京香に連絡して、婚礼当日まで待つだけ。ああ待ち遠しい。

そして、婚礼の前日、おみよがやって来た。

「今日は好太郎さんの親御さんが、家へ泊まって、親御さんと最後の水入らずをして来なさいと言ってくれたので来たの」

「よく気を遣ってくれるね」

「おっかさん、ここに座って」

「何んだい」

「おっかさん、長い間お世話になりました。あまり親孝行も出来なくてごめんなさい。お礼の言葉もありません。ありがとうございました」と言われた時には、お光は涙が止まらなかった。

お光も、「私はこれ以上の幸せはないよ。おみよ、幸せになるんだよ。おめでとう」

おみよも泣いていた。

「おっかさん。お別れじゃないから、私もこれからも時々来るからね。ありがとう」

「おみよ」と言って、タンスの棚を開けて取り出した。

「これはね、おみよのおとっつぁんのくめ蔵さんに頼まれて、これをお島さんと娘のおみよに届けてほしいと言われて、あずかっていたお金だよ。ここに三十両ある。これを持っていておくれ。私は何もしてあげられなくて、ごめんね」

おみよは声を上げて泣きながら、

「私はこのお金もらえない」

「私もおみよの何に使おうかと思っていたが、今夜渡すのが一番だと思ったの。おみよ、あんたはまだ若い。嫁ぐ先はしっかりしたお店だけど、何があるかわからない。あってはいけないけど、何かの時にこの金を使えばいいよ。私の事なら心配いらないよ、何とか暮らしていけるから。そのために今まで働いて来たんだから」

「おっかさん、ありがとう」

「これでおみよの親御さんに約束が果せたよ」と溜息をついた。

「おみよ、今夜はいっしょに寝るかい」

「うん」

蒲団の中に入り、お光の腕の中で「おっかさん、長生きしてね」

「後は孫だよ」

「おっかさんたら」

当日、暮六つには、香林堂の奥の間はきれいに整えられていた。お光と京香が二人で控えの部屋にいると、「花嫁のお支度が出来上がりました。どうぞ」と通されると、真白な羽二重に綿帽子姿のおみよが待っていた。お光も京香も声を失うほどの美しさだった。

「おみよ、きれいだよ」

京香も「素敵だよ、よかったね」

おみよも座り直して、「おっかさん、京香おばさん、お世話になりました」手をついておじぎをした。「いってきます」

お光も京香も涙を流しながら、「幸せになるんだよ」

「はい」

「それではお席の方へ」と、香林堂の方にはすでに十人ほどの人が来ていた。反対側の席には前衛門とお政、親類の人達が並んでいた。手前の席は、お光、京香が座る。そして正面の席には好太郎、おみよが席につくと、驚きの「おお」「きれいだ」と声が上がった。

形通りの式は滞りなく終り、後は宴が始まる。

「好太郎さん、私達はこれで失礼します。おみよの事、よろしくお願いします」

「はい」

「御主人様、奥様によろしくお伝え下さいませ。失礼します」と言って外へ出た。

お光と京香は歩きながら、

「お光さん、あんたは幸せ者だよ。そりゃ大変だったけど育てがいがあったんじゃないかい」

「今になって思うとよかったね。思い残す事はないよ」

「お光さん、次はおばあちゃんだね」と笑いながら、

「京香さん、おみよも二人の親に送られたんだよ」

「そうかい。そう言ってくれると私もうれしいよ。お光さん、落ち着いたら陽気のいい日にぶらっと浅草寺さんにでも行ってみるかい」

「そうだね。それじゃ、今日はありがとうね」

「私もいい夢を見させてもらったよ。またね」と言って別れて家に戻った。

お光も家へ着いてほっとした。そうだ、今夜の事をくめ蔵さん、お島さんに報告しよう。位牌をお膳の上に置いて、線香を立てて手を合わせた。

「くめ蔵さん、お島さん、おみよの花嫁姿を見せたかったよ。きれいだったよ。そして店の息子の好太郎さんという、いい人にめぐり会えてよかった。すばらしい婚礼だったよ。これでもう私の役目も終った。ほっとしたよ」と言いかけていた時に急にまた胸を押し上げるような息苦しさが走った。そのまま体がくずれて倒れた。ああ、どうしたんだろう。誰か、誰かと思っていると、くめ蔵、お島が現れた。呼んでも来ない。おじぎをしながら消えて行った。あ、京香さん、ここだよ。どうして来てくれないのさ。京香は笑っているだけ。どこへ行くのさ。おみよ、おみよ、おっかさんだよ、ここだよと言って消えた。

翌日、昼になってもお光の部屋から何の物音もしないので、長屋のおかみさん達が「どうしたんだろうね」と、戸を叩いてみても何の反応もないので開けてみると、お光が倒れていた。

「お光さん、お光さん」と言っても何の返答もない。「誰かお医者を呼んで来て」と医者に診てもらうと「亡くなっています」と。長屋中が騒ぎになった。

「夕べおみよちゃんの婚礼だったね。香林堂に知らせなくちゃあ」おみよを呼びに行った。

香林堂に着くなり、「おみよさんは。長屋の者だが、大変な事が。呼んで来て下さい」

おみよがやって来て、

「おばさん」

「おみよちゃん、おっかさんが。とにかく早く来てちょうだい」

「好太郎さん。おっかさんが大変らしいんで、すぐ行っても」

「すぐに行って下さい。後で私も行きます」

おみよが家に着き、部屋には長屋の人達が心配そうに見守っていた。お光は倒れたままの姿だった。おみよが、

「おっかさん、おっかさん。どうしたのおっかさん」と言っても返事がない。体をゆすっても動かない。お光に覆いかぶさるようにして泣き伏した。

好太郎も部屋に入るなり、「おみよ、お母様はどうしたんだい」

又声を上げて泣きだした。おみよの肩を抱きながら、

「おみよ、あまりにもつらすぎるね」

好太郎の胸にすがって泣きながら、「好太郎さん、私、京香おばさんに知らせて来ます」

「私が行ってくるよ。おみよは、お母様の側にいておやり」

泣きながら「はい」

「総衛エ長屋といったね」と言って出て行った。

「あの総衛エ長屋は」と聞くと、「この先だよ」

「京香さん、京香さん」

「はい」と返事がし、開けると、「あら、好太郎さん。どうなすったんですか」

「おみよのおっかさんが」と聞いただけで、「すぐに行きます」

「おみよは側に付き添っています」

京香もただ事ではない事は確かだと思ったら、震えがきた。部屋に入るとおみよが、「おばさん、おっかさんが」と泣きながら、京香もその様子でわかった。ただ茫然と座りこんだ。

「お光さん、夕べだってあんなに元気だったじゃない。どうしてなんだい」と言って涙が止まらない。ただ泣くだけだった。

ほどなく香林堂の主人前衛門とお政も来て、

「大分お元気になったと思っていましたが、言葉になりません。おみよさん、今夜はお母様の側にいてあげなさい」

「はい。すみません」

「明日また来ますから」と言って、皆帰って行った。

おみよと京香と二人になった。

「おみよちゃん、おっかさんは婚礼の着物のまんまだよ。そしてくめ蔵さん、お島さんの位牌の前で報告したんだろうね。良くなってきたと思ったけどね。お光さんと落ち着いたら浅草寺さんでも行こうと帰りに話してたんだよ。なんてことなんだろうね。つらいよね。おみよちゃん、おっかさんをきれいに身支度して、送ってね。今夜はおっかさんと二人でなごり惜しんでね。明日私も来るから」

と言って京香が帰って行った。

翌日は、香林堂の前衛門と息子の好太郎とで葬儀を滞りなく進めてくれた。お墓も浅草寺から遠くない所に葬ってくれた。その翌日、おみよは香林堂の両親の前で、

「お父様、お母様、好太郎さん、このたびは母お光の葬儀をしていただきましてありがとうございました。あまりの突然の事で、私も取り乱しましてご迷惑をおかけして申し訳ありませんでした」

また涙がこぼれてきた。前衛門が、

「おみよも辛いだろうが、元気を出しておくれ」

「はい」

「私達もおみよの両親ですよ。好太郎もいます。力になれる事は三人で何でもします」と言われたら、また涙が止まらない。好太郎が、

「部屋に行って少し休むといいよ」

「はい。お父様、お母様、失礼します」と部屋に戻ると、そこには新所帯のお祝いの品、調度品が揃えてあった。おみよもあまりの事に驚き、言葉がない。部屋に座って、おっかさん、私は幸せ者です。やさしい人に囲まれて。これもおっかさんが育んで導いてくれたんです。ありがとう。これからはおっかさんのように強く、優しい心を持って、生きていきますので見守って下さい。

九月の秋の彼岸に、おみよは京香の家を訪ねた。

「こんにちは。京香おばさん、おみよです」

「はい。おみよちゃん、じゃなくておみよさんだね」

「その節はお世話になりました。ありがとうございます」

「少し落ち着いたかい。私もどうしているか気になっていたんだけど、勤めもあるしね」

「それでおばさん、今日よかったらお墓参りに行きたいと思って来たんです」

「私もいつ行こうかと思っていたんだよ」

「よかった」

「おっかさんも待っているよ。おみよさんと二人でお墓参りなんて思ってもみなかったね」

「おっかさんも私も、子供の頃からおばさんにはどれだけお世話になったか。おばさんにはいつも感謝しています。今日はおっかさんも喜んでくれていると思います」

「おみよさんがそう思っていてくれるなんて」

「私のもう一人のおっかさんですから」

京香も涙をぬぐいながら、お墓の前で手を合わせた。

「お光さん。大変だったけれど、りっぱに咲かせたね『女郎花』。また来るからね」

秋の彼岸は穏やかな日射しに包まれていた。

女郎花《おみなえし》

流れて　来たのは　千住の旅籠　江戸の名残りが　届くような
旅する人に　吸い寄せられて　生きる為に　なぐさめ者に　目をつぶって　男とからみ
その時だけの　薄情け　これも運命　涙はかれた

縁もゆかりも　ないけれど　たのまれついでに　子供まで
ついた所は　江戸の町　昔馴染に　助けられて　人の情に　涙した
なれぬ子育て　いっしょに泣けば　初めて言われた　おっかさん

消すにきえない　廓の染みも　子供を想えば　消えてゆく
時が過ぎれば　娘は嫁に　辛さ迷いは　喜びに　果せた約束は　女の意地で
安堵と淋しさ　こんな生き方も　心に咲いた　女郎花

早田　貞夫（はやた・さだお）

栃木県生まれ。専修大学経済学部卒業。山野高等美容学校を卒業し、ヘアサロン「BEAUTY HAYATA」を開店、事業のかたわら作詩を始める。平成24年に『歌集』を自費出版で制作。平成25年に『歌集 愛への誘い』（学研マーケティング）を刊行。平成28年には、その歌集から歌詞を提供したCD『愛は輝き』を発売した。
著作に『歌集 愛への誘い』学研マーケティング
　　『天の川 早田貞夫時代小説短編集』学研プラス
本書は時代小説短編集の第二弾となる。

早田貞夫時代小説短編集 女郎花《おみなえし》

2020年3月16日　第1刷発行

著　者　早田貞夫
発行人　大杉　剛
発行所　株式会社 風詠社
〒553-0001 大阪市福島区海老江5-2-2
大拓ビル5 - 7階
TEL 06（6136）8657　http://fueisha.com/
発売元　株式会社 星雲社
（共同出版社・流通責任出版社）
〒112-0005 東京都文京区水道1-3-30
TEL 03（3868）3275
装幀　2DAY
印刷・製本　シナノ印刷株式会社

ISBN978-4-434-27128-1 C0093